The Deep End

Fredric Brown

論創海外ミステリ 115

# ディープエンド

フレドリック・ブラウン

圭初幸恵 ⊃ 訳

論創社

The Deep End
1952
by Fredric Brown

目次

# 主要登場人物

サム・エヴァンズ……………夕刊紙《ヘラルド》の記者。本編の語り手
ミリー・エヴァンズ…………サムの妻
ハリー・ローランド…………夕刊紙《ヘラルド》の記者。サムの同僚
エド…………………………夕刊紙《ヘラルド》社会部長。サムの上司
ニーナ・カーベリー…………サウスサイド高校の事務員
ヘンリー・O・ウェストファル……サウスサイド高校の学生。オービーのニックネームで呼ばれている
コンスタンス・ボナー………サウスサイド高校の教師。演劇部顧問。半年前にプールで溺死
ベッシー・ジマーマン………サウスサイド高校の学生。二年前にプールで溺死
ウィルバー・グリーノー……サウスサイド高校の学生。三年前に校舎の塔から転落死
ウィリアム・リード…………サウスサイド高校の学生。三年前にベンチの角へ頭を打って死亡
アーミン・ウェストファル……ヘンリー（オービー）の父親
ジミー・チョユナツキ………遊園地で死亡した少年
ピート・ブレナー……………ジミーの友人
ローレンス・J・ウィガンド……医師
ジョー・スタイナー…………警察署長

# 土曜日

## 1

壁にかかった大きな電気時計はまだ十時半だというのに、《ヘラルド》の社会部はケーキが焼けるほどにも暑かった。七月の土曜の午前十時半。明日からは一週間の休暇だ。

天井近くのどこかで、ハエがけたたましく騒いでいた。止んでは鳴りをひたすら繰り返している何台ものタイプライターの打鍵音よりも、よっぽど耳についてしかたがない。顔を上げて探してみた。巨大なウマバエが一匹、やみくもにぐるぐると飛びまわっていた。

上を向くと首がきつく感じたので、襟元をゆるめて心中舌打ちした。このまぬけめ、新聞社に馬がいるとでも思ったか？

ふと私は、ウマバエなるものは馬がいなければ餓死するのだろうかと考えた。『鏡の国のアリス』のバタつきパン蝶は、クリーム入りの薄いお茶なしでは飢えて死ぬというが。

気がつくと、誰かがデスクのわきに立っていた。「おい、サム。何やってんだ？」

ハリー・ローランドだ。にやりと笑ってみせる。「ウマバエと心通わせてるのさ。文句あるか?」

「やれやれ」とローランド。「祈りでもささげてるのかと思った。エドが来いってよ。すぐにだ」

言いおえると、ドアに向かっていった。タン色の薄手スーツの背中、両の肩甲骨にかけて汗染みが広がっていた。

数秒ほどして、私はようやく重い腰を上げた。かれこれ三十分も見とがめられず、こうして無為の時を過ごしてきたのだ。エドに存在を忘れてもらえたのでは、という期待すら生まれかけていたところだった。

エドは《ヘラルド》の社会部長だ。もっとも、エドなんて名前の部長は掃いて捨てるほどいるから、こんな名を紹介しても意味はない。私はフランクやアーネストという名の記者も知っているし、以前はヴァージニアという女記者もいた。

窒息するほどの熱気をかきわけ、エドのオフィスに入った。デスクと向き合う椅子に腰かけ、相手の顔が上がるのを待つ。このまま上がらなければいいのに。だが、部長は顔を上げた。

エドは口をひらいた。「ジェットコースターの事故で、少年がひとり死亡した。ホワイトウォーター・ビーチでな。読者の感情に訴える記事にしてくれ。どんなにすばらしい少年だったかとか、遺された両親はどうだとか。とにかく、少年を褒めて褒めて褒めちぎれ。言いたいことはわかるな?」

言いたいことはわかった。「もう涙がこぼれそうですよ。その少年に名前はあるんですか?」

「あるだろうな。あとはローランドに訊け」

「出てっちまいましたよ、いま」

「出先から聞けるさ。あいつはニュース記事を書く。バーゴインは社説を書く。おまえは――」

「わかってますよ」私は答えた。「泣ける記事ですね。まあなんにせよ、なにかしら始めてないとまずいでしょ。それとも、ローランドが戻るまで待機ですか？」

「名前と取っかかりのネタをひとつふたつ摑んだら、すぐ電話が来るさ。かかってくるまで電話にへばりついてろ。それまでは動くなよ。話を聞きしだい仕事にかかれ、しつっこく食らいつけ。ネタが充分に集まったら、締切りまでに仕上げろ。スペースは好きなだけ使っていい。写真がとれたらそれも入れろ。ガツンとかましてやるんだ」

「泣かせてやるわけですね」

エドは身体を震わせて、くっくっと笑った。

私は自分のデスクに戻ると、電話が鳴るのを待った。

エドから細かな説明を受ける必要はなかった。こちらも《ヘラルド》に入って八年になるから、そのあたりの事情は承知している。これはわれらが愛社のため、ぜひともなさねばならぬ仕事なのだ。部長がホワイトウォーター・ビーチの名を出した瞬間、ピンと来た。市の郊外にあるリゾートだが、《ヘラルド》はそこの広告を載せない。話のついでに触れることさえない。ただし、傷害や強盗事件の現場になったときは別だ。そのときだけは積極的に記事を載せてきた。ましてや今回は初の死亡事故だ。とことんまでいくだろう。

なにしろビーチのオーナーは、社のくそったれリストのトップに鎮座しているウォルター・A・キャンベルである。《ヘラルド》のアッカーマン社主は、キャンベルを不倶戴天の敵と見なしているのだ。ふたりの確執は十数年前までさかのぼる。実現すればビーチへのメインルートも整備されていたはずの舗装工事計画を、当時市議会議長を務めていたアッカーマンが潰したため、キャンベルが社主を汚職まみれの政治屋呼ばわりした――というのが、ことの発端としてもっとも有力な説だ。さらにキャンベルは、その件で社主に恐喝まがいのことを仕掛けてきたそうだ。《ヘラルド》にもっと、もっともっとリゾートの広告を載せろ、と。

そして現在に至るまで、アッカーマン社主が被《こうむ》った侮辱を許しも忘れもしていないため、私は号砲を待つランナーよろしく、電話が鳴るのを待っているのだ。とはいえ、待つのはいっこうにかまわない。働かずにすむわけだから。このまま電話が鳴らなければいいのに。しかし当然、電話は鳴った。

「はい、サム・エヴァンズ」

出てみると、聞こえてきたのはローランドの声ではなく、ミリーの声だった。

「ひとこと伝えといたほうがいいと思って」ミリーは言った。「予定より早い列車に乗ることにしたの。四時のがあったから、夜八時半のよりいいと思って。それなら真夜中じゃなく、夕方遅くに着けるから」

私は答えた。「かまわないよ。でも、それだと出発までに帰れそうにないな。出発前にもう一度、話し合う機会がありそうだと……いや、機会を持ちたいと思ってたんだ。なあ、よければ街に出てきて、昼飯を一緒に食わないか？」

「ありがとう。でも遠慮しとくわ。予定より早く発《た》つことにしたから、やることがいろいろたまってて。荷づくりもまだ始めたばかりなの。それじゃあね、サム」

「いや、待てよ」私は食い下がった。「家を出るのは、発車時刻の三十分前で充分だろ。最終版が上がってすぐ、二時に帰れるかどうか確かめてくる。帰れたらきみの用事を手伝って、ちょっと話をして、駅まで送るよ。そしたらタクシーを使わないですむだろ」

「ありがとう。でも……やめておいて。もう話すべきじゃないと思うの。一週間離れて、それぞれ頭を冷やして考えてみましょう。話し合いなら、もうさんざんやったでしょ」

「かもしれない。けど――」

「ハンティングを楽しんできてね、サム。それじゃあ」

「ああ。それじゃあ」

　こちらが受話器を置く前に、カチリと切れる音が聞こえた。その音に、これで最後だと言われているような、妙な心地がした。

　受話器を戻し、電話をじっと見つめた。うすぼんやりと、どういう意味で最後なのかと考える。これで俺たちは終わりなのか？　それぞれが旅行から帰ってきたら、また会うことにはなっている。しかしそれで、また一緒になれるのか？　それとも単に意見を交換して、恒久的な基盤の上にその不一致を認めることになるのだろうか？　最後にはあの忌まわしい、ふたりともまだ口には出していない単語が飛び交うのか？　五年近くの結婚生活の終わりを意味する、あの単語が。

別々の休暇を計画したのは、そういうことを互いに離れて考えてみるためだった。私は友人ふたりとともに――そのうちのひとりが、市から五十マイル北の湖畔に避暑のロッジを構えている――ハンティングと釣りに出かけることになっていた。ミリーはロックフォードの姉夫婦と一週間を過ごす予定になっていた。向こうは気持ちしだいで滞在を延ばすかもしれないが、私のほうは来週末までが休暇の限度だ。春のはじめ、シンシナティにいる弟が大手術を受けることになり、ついていてやりたくて前倒しで一週間の休みをとったのだ。

あの一週間はうまくいった。弟は無事に危機をきりぬけた。だが今度の一週間は？　俺たちの結婚生活は危機をきりぬけるだろうか？

ふいに、それ以上考えるのが嫌になった。するとどうにも、じっと電話を待ってはいられなくなった。

ローランドからの電話が来る前に、何かやれることがあるかもしれない。私は受話器を取り上げ、交換台の女にサウスサイド警察署につなぐように頼んだ。ややあってルイ・ブランドンの応答が聞こえた。ホワイトウォーターで死亡した少年について、何か情報はないかと尋ねた。

「かいつまんで言うぞ。少年の名は――ちょっと待った――ヘンリー・O・ウェストファル。アーヴィング通り六〇三番地、十七歳。父親はアーミン・ウェストファル、街の婦人下着屋の主《あるじ》だ」

話を聞きながら、手元のタイプ用紙にメモをとる。「死体は？　まだあっちか？」

「〈ヘイリーズ〉に運ばれた。ホワイトウォーター・ビーチもよりの葬儀屋だ。場所はサウス

――」

「そこならわかる」言葉をさえぎる。「身元確認はだれがやった？」

「ポケットに財布が入ってた。親と連絡をとりたいんだが、ふたりとも今日は市外に行ってて、まだとれてない」

「ブルー・ストリークの事故で死んだと聞いたが、転落か？」

「いや。轢《ひ》かれたんだ。レールを乗り越えようとして」

「わかった。どうもな、ルイ」

これでやることができた。父親のアーミン・ウェストファルが商売をやってるのなら、資料室《モルグ》に経歴の載っている切り抜きの一枚や二枚あるはずだ。

資料室《モルグ》に電話をかける。「アーミン・ウェストファルの資料はあるかい？」

「待っててください」

待ちながら、ふたたび天井を見上げた。例のウマバエは、まだ馬を探してぐるぐると飛びまわっていた。

2

電話から声がした。「ありますよ、封筒がひとつ」

「よし。もしかして、ヘンリー・ウェストファルのもあるのか？　ヘンリー・O・ウェストファル」

「なんでいっぺんに言わないんです？　二度手間だ。ちょっと待っててください」

ちょっと待った。

「ありましたよ。こっちもひとつ」

「本当か。じゃあ両方とも頼む」

原稿運びのぼうやをつかまえて使いに出した。ぼうやは数分後に戻ってきて、9×12のマニラ封筒を二通デスクに置いた。アーミン・ウェストファルから見てしまおうと、片方を手にとる。

中身は切り抜きが四枚だった。ついていることに、一枚は顔写真つきの略歴だった。そういえば数年前、地元の商店主の来歴をうちで連載したことがあった——商業欄に載せるにあたっては、もちろん広告部の選定があったわけだが。アーミン・ウェストファルが試験にパスしてくれていたおかげで、使いきれないほどの材料が手に入った。ちっぽけな半段の写真の顔には見憶えがあった。どこかで見たことがある。婦人下着を扱う人間とはとても思えない、苦虫を嚙みつぶしたような顔。この写真の元になったカットはまだ階上の植字室の棚に収まっているだろうから、今回も活用できるはずだ。苦々しげな表情もうってつけだ。悲しみに打ちひしがれた父親の記事に、機嫌よく微笑んだ写真を使いたがるやつはいない。残る三枚の切り抜きは、つい最近の短いもので、商工会議所の活動がらみの記事だった。それを見て、この男を見かけた場所を思い出した。数年前に商工会議所のパーティを二、三度取材したことがあるのだが、そのうちの一回でこの男があくびの出そうなスピーチをやったのだ。

続いてヘンリー・O・ウェストファルの封筒を開ける。写真が二枚入っていた。《ヘラルド》のカメラマンが撮影した光沢プリント。

一枚はフットボールの写真で、ユニフォームにヘルメットの少年がドロップキックを打つ瞬間が収められていた。十七歳にしてはなりが大きく、がっちりとして見える。いや撮影は去年の秋で、いまは七月だからこのときは十六歳か。どちらにしろ、たいしたことはわからない。体型にしても、パッドを取り去ればひょろひょろなのかもしれない。

もう一枚は上半身のアップで、一枚目よりずっとましだった。純白のスウェットシャツ姿の少年がテニスラケットを手に、造りのいい顔をほころばせている。裏の日付によれば、撮影はたった六週間前だ。網版《あみはん》作成のためにクレヨンでトリミングしているが、カットは作られなかったのだろう。でなければ元の光沢プリントが資料封筒に入れられているはずはない。だが、いまこそ印刷用カットが作られるときだ——それもおそらく二段サイズの。

切り抜きは五、六枚入っていた。いちばん上が最新のもので、日付はわずか五週間前だった。州の高校テニストーナメントにおけるウェストファル選手の活躍ぶりを報じている。サウスサイド高校（偶然にも私の母校だ）代表として第十八シードで出場し、四位を勝ちとっていた。市内すべての高校から代表が出て、優勝に迫ったのはこの少年ひとりだった。この記事に載せるべく、全国大会への出発直前に写真が撮られたが、けっきょく使われずじまいだったようだ。

ほかの記事はすべてフットボール関連だった。こちらでもウェストファルはかなりの選手だったらしい。いちばん古い切り抜きは三年前のもので、少年の華々しいデビューを報じていた。一年生チームのクォーターバックとして、その年のレギュラーチームとの学内試合を七対七の引き分けに持ちこんだのだ。残りの切り抜きによればその後もプレイを続けているが、二年のときは目立った活躍をしていない——ただしその年の終わり、ハーフバックとしてレギュラーの座を摑んでいる。ポジション転向をしたのか、監督に転向させられたのか。そして去年の秋、三年生で部内のベストプレーヤーになっている——少なくとも、獲得総ヤード数でトップに立ったことはまちがいない。パスレシーバーとしてと、オープンを突くランプレイが特に優れていたようだ。

スポーツ関係の材料は充分にそろった。それも質の高いものが。どちらの競技でもスターになれる逸材だった、と記事で持ち上げることができる。

そう、少年はきっとスターになれたはず——あの恐ろしい場所、ホワイトウォーター・ビーチに近づきさえしなければ。熱のこもった記事が書けそうだ。期待に応える記事をと思えば、いやがうえにも熱は入る。このぶんなら苦もなくやれそうだ。運動部出身の男くさい記者なら、さらにいい仕事ができるのだろうが。個人的にはスポーツを観て面白がったり、まして興奮する心性などまったく理解できない。ゴルフなら、まあ話は別だが。自分ではハンティングと釣りを年に数回たしなむ程度だ。ポーカーならミリーのいらいらを募らせすぎないように気を遣いつつ、一回でも多くやるけれども。

しかしもう、そんな心配は無用なのかもしれない。たぶんこれからは、好きなだけポーカーにいそしめることだろう。あるいは寂しさにつき動かされて、やりたくもないのにやってしまうかもしれない。とはいえ、むろんいずれは——

私的な問題から気持ちを引きはがし、ふたたびウェストファルの写真に視線を注ぐ。この少年のうかべている朗らかな笑みに神経を集中していれば、じきに落ちつきを取り戻し、上等の泣ける記事をものすることができるだろう。

それにしても、本当にハンサムな少年だ。しかも最初のフットボールユニフォームの肩は、パッドのかさ増しばかりではなかった。スウェットシャツ一枚でも、充分にたくましい身体つきに見える。

ローランドからの電話が来るまで、これらの記事を検討することに決め、切り抜きを手にとって熟読を始めた。一回目は流し読みしただけだったのだ。

さきほどは見落としていた点をいくつか見つけた。少年のニックネームはオービーらしい。ミドルネームの頭文字がOだから、おそらくそこからとったのだろう。ミドルネームはオバダイアあたりか。どういうわけかヘンリー・ウェストファルより、オービー・ウェストファルのほうが好感を覚える。リード文のあとはこの手でいくことになりそうだ。きっと親しみやすい感じを出せるだろう。

3

電話が鳴った。ローランドからだった。「メモの用意は?」

「できてるよ。その前にハリー、おれもちょっとネタを仕入れたんだ。サウスサイド警察署にかけたらルイのやつがいて、知ってることを聞かせてくれた。あと、少年と父親の資料が資料室《モルグ》にあった。現時点で摑んでることは――」説明を加える。

「そうか」ローランドは言った。「それ以上の情報は、たいしてないけどな。まずひとつ。ホワイトウォーターに過失あり、とぶち上げるのは無理だぞ。ほのめかすくらいならできそうだが。あそこに過失はなかった。少年は立入禁止の場所に入りこんで、危険標識を無視してレールをまたごうとしたんだ。コースの最初の谷底部分、レールが地面から一フィートもないところで。柵だってあっただろう……まあ確認したわけじゃないが、売店ゾーンの裏手の立入禁止区域になってるところだ。柵を乗り越えなきゃ入れなかったはずだ」

「目撃者は？」

「いない。少年を轢いたコースターに客は乗ってなかった……乗ってなくて幸いだったがな。脱輪したから、乗客がいたら軽傷じゃすまなかったろう。試運転だったんだ」

「試運転？　珍しいことじゃないのか、それは？」

「いや。営業前に毎日やってるんだと。どこでもそうなんじゃないか。ブルー・ストリークは二台あって、それぞれ営業前に毎日コースを一周してる。ふだんは午後早くからだが、土日で天気のいいときは朝からやってるそうだ。事故発生の推定時刻は十時十五分」

「外傷はひどいのか？」

「胸から下はな。でも、頭と腕はレールの向こうに出てたから、棺《ひつぎ》を閉めっぱなしにはせずにすみそうだ」

「親の居場所のほうは？」

「だめだな。市内に戻ってくるまで連絡はとれんと思うぞ。締切りを過ぎるから、今日の新聞にコメントは間に合わない。あ、ちょっと待った……ヘイリーがなんか言ってる」

少ししてローランドは電話に戻ってきた。

「ヘイリーがな、両親と連絡がついたって。ウィリアムズバーグの、ウェストファル氏の妹のとこだった。すぐにあっちを発《た》つそうだが……車で四、五時間かかるから、やっぱりコメントは無理だな」

「電話で何か言ってなかったのか？　両親のどっちかが」

「すぐに発《た》って、ここの葬儀屋にまっすぐ向かう、それだけだ。サム、ほかに要望はあるか？」

「スポーツ記録の資料は山ほど集まったんだが、それ以外は心もとない。少年と面識のあった人物と渡りはついたか？　おれが話を聞けそうな」

「ああ、ここにいるぞ。夏休みのあいだ、女子高生のバイトがひとり入っててな、その娘がウェストファル少年と知り合いだった。何度か一緒のクラスだったそうだ。おれも話を聞いたが、直接聞いたほうがいいだろ。いま代わるよ」

「頼む。だがその前に、その娘の名は？　電話を聞いてるのか？」

「グレース・スミスだ。別室にいるから話は聞こえてない。そうそう、もの言いには注意しろよ。ひどくショックを受けてるから。ずっと泣きどおしで、いまも顔が真っ青だ。刺激しないようにしろ」

「わかった。恋人だったのか?」

「違うようだが、憧れてたんじゃないか。十代の娘だからな。親父くらいの歳のクルーナー・スタイル（ビング・クロスビーに代表される口ずさむように歌う唱法）の歌手より、同い年の高校のヒーローに入れこむほうが健全だろ」

「了解。出してくれ」

ややあって少女の声が聞こえてきた。「もしもし、グレース・スミスです」なるほど、よほど泣きじゃくったのだろう。声でわかる。落っこちないよう必死に綱渡りしているような声だ。

私は切り出した。「《ヘラルド》紙記者のエヴァンズといいます。オービー・ウェストファルの記事を担当しているんだ。事故じゃなくて、オービー自身の。彼のことを聞かせてくれないか? どんなことでもかまわない」

「彼は……すごい人でした。学校一のフットボール選手で、テニスも上手……本当に上手で」

「スポーツの話は充分に集まったんだ。でも、それ以外がまだでね。どんな生徒だったか教えてもらえるかい? クラスではどうだった?」

「あの、頭もよかったです。どの教科もいい成績で」

「クラスでは人気者だった? スポーツ関係以外で」

「はい、すごく。みんな彼に夢中でした。なのに……なのにひどい……」

綱の上の声が揺らいだ。気をそらそうと、急いで質問を重ねる。「学校のコースはなんだった? 将来何になりたいか、聞いたことはあった?」

「サイエンス・コースです。まだ決めてないけど、お医者さんになりたいかもって……去年は英語のクラス、英語Ⅲで一緒、その前はラテン語で一緒でした。なりたいのは、たぶんその……あの、研究をするお医者さんだったと思います。実験をして、新しいことを見つけたりする」

「なるほどね。もしかして、オービーってニックネームの由来も知ってる？」

「ミドルネームです。オバダイアだから。ヘンリー・オバダイア・ウェストファルだけど、みんなヘンリーとは呼んでなくて。先生たちもです。本人も、テストでさえオービーって書いてて」

「きみは、オービーのご家族とは顔見知りかい？」

「一度だけ、お父さんとお母さんに会いました。学校のパーティで。でも一度会っただけだから、顔見知りってほどじゃ。お父さんはお店をやってたと思います。なんのお店かは知らないけど」

「兄弟は？」

「いいえ……いないはずです。その、いません……でした」

「彼とは個人的に親しくしてたのかい？　デートをしたことは？」

「そ、そういうのとは違うかもしれないけど……でも、一緒にダンスはしました。あの、六回」

いじらしいな、と私は思った。恋い焦がれるあまり、ダンスの回数を真珠玉のようにひとつひとつ数え上げて、彼に近寄れた回数が五回でも七回でもないことを知っているのだ。こんな状況でなければ、微笑ましいと感じたかもしれない。しかしながら、いまは笑う気になれない。

ふいに、ひとつのアイディアがうかんだ。少年に特定の恋人がいたとして、その娘と電話で話せれば、上質の泣けるネタが聞き出せるのではないか。結婚の約束だってしていたかもしれない。高校生活最後の一、二年間では、若い恋のなかでそんな約束を交わすことも珍しくない。私自身、四年生のときにしたものだ――彼女、ニーナ・カーベリーとはもう六年も会っていない。そういえば、サウスサイド高校で事務をしていると聞いた。

「オービーには決まった恋人がいたのかな？」

「いいえ、いません。彼は……あんまり女の子とデートしなかったんです。パーティにもダンスにも、たいてい女の子連れでは来なくって。いつもじゃないけど、たいてい」

「そうか、どうもありがとう。ローランドに代わってくれるかい？　まだそこにいるなら」

「ええ、います。ちょっと待ってください」

電話を代わったローランドに依頼をする。「もうネタは充分そうだ。けど、新しいことがわかったら知らせてくれ。特に少年の親しい友達とか、電話で話を聞けそうな人物がいたら。市内には両親以外、身内はいないのか？」

「いないな。少なくともウェストファルの店の連中は、市内の親戚の話は聞いたこともないそうだ。まあ、知ってるとすればあいつらなんだろ。夫妻がウィリアムズバーグの妹のとこに行ったのだって、警察は連中から聞き出したらしいし。そうだ、コメントがいるなら長距離電話をかけて、あっちからとればいいんじゃないか？」

「そうだな。アドバイス感謝するよ。その妹の名前は？」

「ちょっと待ってろ、わかるから」

ほどなくローランドは戻ってきて、名前とウィリアムズバーグの住所を告げた。ハッティ・ウェストファル。苗字から察するに、オービーの叔母は独身らしい。両親のコメントには及ばずとも、彼女のコメントはその次くらいの価値がある。両親のコメントはとれそうにない。少なくとも市内版には間に合うまい。

長距離電話をかけ、つながるのを待つあいだ受話器を肩と耳で挟み、用紙をタイプにセットする。ところが、リード文を考えつく前に交換手が言った。「先方はお出になりません。呼出しを続けますか?」

続けてくれと答えた。

だが、おそらく無駄だろう。その叔母が留守だとすれば、まずまちがいなく少年の両親につきそって、いまごろは車中のはずだ。

しかしここは是が非でも、オービーがすばらしい少年だったというコメントが欲しい。グレース・スミスよりも少年と親しい人物のコメントが。そして、その人物の名前を——そうだ、校長だってかまわない。数秒考えて、校長の名を思い出した。エマーソン。ポール・E・エマーソン。まだあそこの校長のはずだ。彼の自宅の電話番号を調べた。夏期講習があったとしても、土曜の出勤はまずないだろう。ダイアルを回す。呼出し音は鳴るものの、誰も出ない。

ふたたびニーナ・カーベリーを思いうかべる。サウスサイド高校の事務なら、どこにかければ校長と連絡がとれるか知っているかもしれない。もし知らなくても、オービーの情報のひとつふたつ、たとえば連絡可能な担当教師の名前くらい教えてくれそうだ。ニーナ・カーベリーの番号を調べ、電話をかけた。こちらも応答がない。こんな日があるものだ、どこにかけても誰も不在という日が。

やはり第一報は、コメント抜きで我慢しなければならないかもしれない。もっとも、それならそれでかまわない。関係者のコメントは次回と書いておけば、続報も打ちやすいというものだ。そして《ヘラルド》は、打てるかぎりの続報を打つだろう。ともかくコメントなしでも、材料なら山ほどある。

泣かせる記事であろうとなかろうと、リード文にはホワイトウォーター・ビーチの名前が不可欠だ。タイプキーに指を走らせる。〝本日、ホワイトウォーター・ビーチにて、ジェットコースターの車輪の下敷きになった――〟

そこからは一気に、指が追っつかないほどの速さで打った。出来栄えは上々だった。記事を書いていると、キーの感触でなんとなく出来不出来が読める。今回はばっちりだ。記事とはかくあるべきだ。書いているあいだはキャンベルという男が遊園地のオーナーで、《ヘラルド》のくそったれリストに載っていることも忘れていた。オービーという少年を心にうかべ、ただ素直に書きすすめると、悲しみのこもった記事ができ上がった。さすがに涙こそ流さなかったが、こめた思いは嘘ではない。

二行空きで六枚の原稿を仕上げた。締切りまでの余った時間で、より正確を期すのも悪くはない。年月日やら自宅や店の所番地などは記憶で書いたから、資料の切り抜きと照らし合わせてみることにした。あと少しでそれが終わるところへ、電話が鳴った。

エドだった。部長は言った。「没だ、その記事は」

意味が呑みこめぬうちに電話は切れた。置いた受話器を数秒間見つめたのち、私は席を立ってエドのオフィスに入った。

顔を上げた部長に尋ねる。「何があったんです?」

表情におとらず苦々しげな声。「たったいま、ローランドから電話があった。死んだのはウェストファル少年じゃなかった。第三区の手癖の悪い非行少年だ、鑑別所の記録が一ヤードもの長さになってる。そいつがウェストファル少年の財布をスッたんで、身元確認をしくじったんだ」

「そりゃまた」私は言った。「たったいま記事を書き上げたところですよ。じゃあ、その哀れなスリ小僧で仕切りなおしですか?」

エドは私を睨みつけた。「ばか言うな。そんなやつで、泣ける記事もあるものか。ニュース記事と社説だけでいく。そいつには極力触れない」

「ニール・ニシ・ボーヌム——死者につきては善《よ》きことのみ言え、か。善きこと《ボーヌム》なくば、省け《スキップム》ってことですか」

部長の顔がますます険しくなった。恨み言のつもりはなかったのだが。

「明日から休暇だったな? サム」

「ええ」

「すぐ昼食に行って、三十分ですませてこい。そして、二時に市内版が上がったらさっさと帰れ」

「それはどうも」私は心から礼を言った。休暇前の数時間はひどく長いものだ。

エドは紙を何枚かよこした。「田舎から遅れて入った原稿だ。こっちで処理してる暇はない。

昼食から戻りしだい英語に直せ。さあ、行った行った」

　私はエドのオフィスを出た。席に戻って椅子の背から上着を取ると、オービー・ウェストファルの記事をくずかごの上まで持っていった。が、手をひらきはしなかった。これだけの出来だと、捨てる前にもう一度読み返したくなる。ぼうやに誤って植字室へ持っていかれないよう、デスクの引出しにしまいこんだ。

　一杯のビールとサンドイッチを求めて、通り向かいのバー〈マーフィーズ〉に向かった。オービーのことはさっぱり忘れ、気持ちはビルとハーヴィーのウィーラン兄弟との旅行に飛んでいた。きっと楽しい旅行になるだろう、ミリーとの問題を忘れていられれば。ふと気がつけば、ニーナ・カーベリーのことをまた考えていた。今朝までは何年も思い出しもしなかったのに。ミリーと本当に別れたら、ニーナを訪ねてこの六年でどう変わったか、いまはどんな感じか見てみるのも一興かもしれない。ニーナとはサウスサイド高校最後の一年で、最初の大切な経験をともにした。けれどもずっと前の話だ。卒業して一、二年で疎遠になったのだから。いまにして思えばばかばかしい喧嘩だったが、ふたりとも折れるにはプライドが高すぎた。その後はそれぞれ、ほかに興味を惹かれるものを見つけた——少なくとも私のほうは。

　社へ戻り、机に向かう。田舎からの原稿をまともな文章に直す作業を始め、できたものから一、二枚ずつ植字室に運ばせた。

　ハリー・ローランドが戻ってきたので、こちらへ手招きした。ローランドは私の机の端に腰かけた。

「どしたんだ、おい？」私は田舎言葉を真似て尋ねた。「人違いだったってエドから聞いたが、どうやって身元確認をやりなおしたのか訊きそびれた。少年の顔見知りが確かめたとかか？」

「指紋だ。病院到着時に死んでた患者のは全部とってるから、今回もその流れでとったらしい。で、財布うんぬんは関係なく、手順にしたがって身分証明局に送られた。局の分類で、その指紋が登録ずみだってことがわかったんだ。持ち主はポーランド系のチョユナツキってやつだ。十五のときから二年間、大半を少年院と鑑別所で過ごしてる。ま、決まりきった手続きにも一定の意味はあるってこった。けど、ウェストファルの親に息子が死んだって知らせちまったあとだから、ことは厄介だな」

「まだ本当のことは知らないのか？」

「連絡手段がないから、市内に戻るまで無理だろ。午後遅くになるんじゃないか。なあ、エドはみすみすチャンスを逃しちまいそうだぜ」

「は？」

「ネタの捌《さば》きかたがおかしいのさ。息子が死んだと思って、ウェストファル夫妻がウィリアムズバーグから車を飛ばして帰ってくる。それが生きてたと聞いたら、どんな気持ちになるものか――こりゃあ読者は興味津々だろ。おれはそっちも、別個の記事として書くべきだと言ったんだ。それが無理なら、せめてコラムだけでもってな。でも、エドはだめだってよ」

「どうして」

ローランドは顔をしかめた。「書くとすりゃ、最初の身元確認をしくじった理由、警察が死体をウェストファル少年とまちがえた理由に触れないわけにはいかない。そうするとスリうんぬんにも触れなきゃならんから、だめだっていうんだ。ホワイトウォーター叩きの記事がぼやけちまうとさ。しかも、ジミー・チョユナツキが売店ゾーンの裏手に入ったわけが知れたら、読者の皆さまの同情も失せちまうって」

一瞬、意味が理解できなかった。「なんで入ったんだ?」

「ふた通り考えられる。その両方かもしれん。財布の金を抜いて捨てようとしたか、そこを通って外側の塀を乗り越え、広小路を通らずに園外に逃げようとしたか。遊園地のなかをうろついてたら、またウェストファルに出くわす可能性がある。そのころには財布がないのに気づかれてるかもしれんし、もしも自分の非行歴を知られてたら――」

「顔見知りなのか?」

「たぶんな。いや、そのはずだ。チョユナツキはサウスサイド高校で、ウェストファルと一緒のクラスにいたことがあるんだ。二年のなかばで退学になったが、一年半は同じクラスだった。友達じゃなかったにしても、面識くらいあっただろ」

「あの学校は巨大だが、そりゃそうだろうな。かたやスポーツマンで評判上々、かたや退学で悪評まみれ。もっとも、悪評だって評判にはちがいないか。今朝、ホワイトウォーターでふたりが一緒にいたって目撃証言は?」

「知らんよ、そんなの。ウェストファルの件は記事から外せっていうんだ。もう関係ないさ」

ローランドは自分のデスクに行き、タイプライターに紙をセットした。

午後一時を数分過ぎたころ、田舎から送られてきた原稿の最後の一枚を出しおえた。二時まで待っていられたが、エドは休憩をよこすだろうから、わざわざ引き延ばしもしなかった。部長のオフィスに首を突っこみ、どうにか仕上がりましたよ、と伝える。

「グッドタイミングだ、サム。火事の報《しら》せだ。場所はサウスサイド、グリーンフィールドとラシターの交差点。現場に行って、締切り前に電話を入れろ。それがすんだら、そのまま休暇に入っていい」

私は年代物のビュイックを走らせ——一ガロンで十マイルしか走らないうえに、給油のたびにオイルを一クォート消費するような代物だが、あちこち乗りまわしている——現場に着いた。消火作業はすでに終了しかかっていた。どうやらボヤだったらしい。建物の所有者と火災の原因、推定損害額、およびそれが保険でまかなえることを確かめると、近くのバーから電話を入れた。

二時十五分前に、早くも私は自由の身となった。休暇が始まったのだ。ミリーからの電話がなければ家に帰ったところなのだが。帰ってきてほしくないし、駅まで送るのもやめてとはっきり言われた。どうにかして一、二時間つぶさなければならない。

カウンターでビールを飲み、数分をつぶした。うまかったし多少は涼しくなったが、二杯目が欲しいとは思わなかった。

ふいに、いまいる場所とホワイトウォーター・ビーチが数ブロックしか離れていないことに気づいた。もう何年もあそこには行っていないが、覗いていけない理由もあるまい。

# 4

園内は暑かったが、広小路は客でごった返していた。どれほど暑かろうと、土曜午後の遊園地は人々を引き寄せるものだ。キャタピラー、ティルト・ア・ワール、コメット、ループ・ザ・ループ。いずれの乗り物も盛況だった。

だが、ブルー・ストリークは運転を休止していた。警官がひとり、乗り場と隣の売店のあいだに立っていた。そこから数ヤード裏手に行き、四フィートの柵を乗り越えれば、売店ゾーンと外塀のあいだの立入禁止区域、コースターの走行場所だ。広小路の一ヵ所から斜め方向に覗きこむと、柵の向こうで数名の男が作業しているのが見える——事故のあった、コースの最初の谷底部分。そこには小さな人だかりができて、現場の様子をうかがっていた。

警官に記者証を見せて奥へ向かう。四フィートの柵を乗り越え、作業員たちに数ヤードまで近寄る。

そこの地面はぬかるんでいた。作業員を入れる前に、レールや下支えの骨組に散水したのだろう。なぜそうしたのかは想像に難くない。

レールは脱輪の際に変形したのかもしれないが、すでにまっすぐに直されていた。いま働いているのは、大工がふたりに塗装工がひとり。前者が板に釘を打ちおえるやいなや、後者がそれを真っ白に塗っている。作業はほぼ終わりに近づいていた。壊れたコースターは、どこか見えないところに撤去されていた。

この位置からだと、高く急な山なり部分が見える。コースターはあそこから猛スピードで下ってくるのだ。地獄から飛び出す蝙蝠《こうもり》のごとく、抗《あらが》いがたい巨獣のごとく、あるいは死そのもののごとく。振り向いた少年は、迫り来るそれを目にする——想像するのも恐ろしい。夢に出てきそうな予感がした。そのときレールの上にいるのは私自身だろう。

大工たちは工具箱をさげて引きあげ、塗装工も最後のひと塗りを板に叩きつけて、ブラシとペンキ缶を両わきにさげてあとに続いた。少し遅れて私も柵を乗り越え、警官のところに戻った。

「すぐにまた走らせるつもりですか?」

「ああ。修理が終わりしだいな。なんでだね?」

「修理ならいま終わりましたよ」

警官は振り返った。「そのようだな。じゃあ、こっちもお役ごめんだ」

そう言って広小路へ歩いていった。柵の向こうを見ていた人だかりは、見物するものがなくなり、散らばりかけていた。

ブルー・ストリーク乗り場入口に向かう。知りたいことができた気がするのだが、それがなんなのかわからない。脳裏に何やら疑問がうかんでいるのに、その正体が摑めない。意識の表《おもて》に引っぱり出せない。

無人のチケット売り場の裏に乗降用ホームがあり、そこにコースターが二台停めてあった。麦わらの水夫帽をかぶった筋骨隆々の大男が、そのうち一台の車輪をコンコンと叩いては、ためつすがめつしている。

低いゲートをまたいで、そちらに近づいた。「今日は走るんですか?」

男はハンマーを下ろし、立ち上がった。帽子をわずかに上げてこちらをうかがう。「ああ。あんたは?」

私は、赤く大きな〝記者〟の文字は読めるものの、社名までは読みとれない程度の速さで記者証を見せた。この男が《ヘラルド》と遊園地の確執を知っていたら、とても《ヘラルド》の記者と話をする気にはなれまい。「AP通信です」そう名乗った。「今朝の事故の取材に来ました」

「うちの責任じゃねえぞ。ばかなガキが立入禁止の場所に入りこんだんだ。レールをまたごうとするなんて、どうかしてやがる」

うなずいてみせる。「事故が起きたのは何時ですか?」

「十時ごろ、オープンの準備をしてたときだ。一台目の試運転を始めて……二台ともそれぞれ毎日、営業前に一回ずつ空《から》で走らせてるんだが、その直後さ。コースターが最初の山をのぼって、谷底に下りたとたん、脱輪の音が聞こえた。事故なんてはじめてだぜ」

「被害は? レールやら車体やらに」

「たいしたことはなかった。これがその車体だけどな、もう修理ずみだ。レールのほうもちょっと前に終わった」

「保険は?」

「もちろん入ってるさ。けど痛手だぜ。事故があったなんて知ったら、客は怖がって乗らねえよ。

うちの責任じゃないし、そもそも死んだやつはコースターに乗ってもいなかったんだが、客はそんなこと知ったこっちゃなかろうし」

「客は責められませんよ。もしも事故のとき乗客がいたら、怪我してたんでしょ」

「まあ、そうなんだが」男は額をハンカチで拭った。「そうだとは思うさ。でも、四、五時間営業しそこねたぶんもあるんだぜ。土曜だってのに」

「事故の音を聞いて、最初に駆けつけたのはおたくですか？」

「ああ。すぐあとにおおぜい来たが、おれが最初だ。もういいだろう、記者さん。忙しいんだよ。あと三十分でチケットの売り子と運転係が来るから、それまでにこいつを十回以上は走らせときたいんだ。車体とレールの谷底に問題がないか、確認しなきゃならないんでな」

「わかりました。どうもありがとう」私は礼を述べた。「もう充分ですよ」

男は身をかがめて、ふたたび車輪を叩きはじめた。が、もう一度顔を上げる。「今日のことは、ガキがばかだったからだ。うちのせいじゃない。憶えといてくれよ」

「憶えときますよ」

広小路に戻りながら、なぜこんな時間の浪費をしたのか、なぜこんなところに来たのかと自問した。しかしともかく、時間は充分につぶせた。いまは午後三時で、自宅は市の反対側にある。飛ばしすぎないかぎり、帰るころにはミリーはいないだろう。だけどなんで、俺は家に帰りたいんだ？

メインゲートから外に出て、駐車場のビュイックに乗りこむ。ずっと太陽に照りつけられていたせいで、窓をすべて開けはなっても焼けつくように暑い。

　車を走らせる。冷えたビールをもう一杯やりたくなってきた。そういえば、葬儀場〈ヘイリーズ〉の斜め向かいにバーがあった。どのみちあそこの前は通る。そこでただ通るのはやめにして、店の前に停め、なかに入った。

〈ヘイリーズ〉自体にも、そこでの出来事にも関心を持つ理由はなかった。なのに気がつくとカウンターの端っこ、葬儀屋の入口がよく見える窓ぎわに陣取ってビールをちびちび飲んでいた。

　ウェストファル夫妻はもうあそこを訪れただろうか、これから例の吉報を聞くのだろうか。あるいはすでに聞いたあとだろうか。夫妻の着く時間はちょうどいまごろのはずだ。もう一杯ビールを頼み、ちびりちびりと飲む。三杯目を頼もうか迷っていると、青い大型のクライスラー・セダンが曲がり角から現われ、急ブレーキをかけて葬儀屋の前で停まった。ハンドルを握る男は、《ヘラルド》の資料室《モルグ》の資料写真で見たアーミン・ウェストファル。大柄で身なりがよく、髪は半白。表情のない顔は、まるで凍りついたようだ。

　前部のベンチシートにウェストファルと並んで、さらに女がふたり座っている。女たちの姿ははっきり見えない。ウェストファルが車を降り、反対側に回りこんでドアを開けた。降りた女たちは、ウェストファルのあとについて〈ヘイリーズ〉の入口に向かった。ふたりの年齢は同じくらいだった。泣いているのがウェストファル夫人で、その腕をとって話しかけているのが義妹、つまりオービーの叔母だろう。

「ビールのお代わりは？」バーテンが尋ねてきた。

「ああ。もらうよ」

振り向くと三人はドアの奥に消えていた。しかし、五分ばかりでまた出てきた。ウェストファルの歩きぶりは奇妙にぎこちなかったけれども、表情には少しも変化がなかった。氷から彫り出したような顔。いっぽう、ふたりの女の顔は輝いていた。興奮しきって、何やらてんでにまくしたてている。車に戻る途中、先を歩いていた女のひとりが振り向いて、ウェストファルに何ごとかを言った。ウェストファルは微笑んで応じたものの、私の目には笑みを作ることすら渋々といった風に見えた。女が前を向くと、その顔はふたたび凍りついた。

三人は車に乗りこみ、走り去った。

少しして店を出ると、通りを渡って〈ヘイリーズ〉に入った。ヘイリーは事務所にいたが、さして忙しそうでもない。周囲を見まわして尋ねる。「さっきの娘はどうしました？　グレース・スミス」

ヘイリーは微笑をうかべた。「家に帰したよ。運ばれてきたのが好きな相手じゃなかったと聞いて、もうはしゃいだのなんの。泣きわめくわ、笑いころげるわ、まったく！」

「たまたま向かいでビールを飲んでましてね」私は言った。「ウェストファルさんたちが帰っていくのを見たんですが」

「立派な人たちさ。いい報せを伝えられてわしもついてたよ、たとえ一度きりでもな。いやあ、たいした人たちだ。あの旦那が、何を申し出てきたと思う？」

「え？」

「例の子の葬式代を出すってさ。わしを隅に呼んで、葬儀の準備はすんだのかって訊くんだ。そこで事情を話したところ、費用は持つから進めてくれって」

「事情とは？」

「チョユナツキさん家《ち》のことさ。死んだ子の母親は後家で、洗濯屋で働いてるんだ。貯えはなし、子供に保険もかけてなかった。警察の報せを受けてここに来たんだが、話を聞いてわしは、もっと安いとこで葬式をするように勧めたんだ。でないと、五年は借金でがんじがらめになっちまう。安値の葬儀はやってないからな、うちじゃ」眉根を寄せる。「そうそう、そうだった。すぐ行って知らせてやらにゃあ――あそこは電話がないんだ――母親がほかの葬儀屋に頼む前に」

「もう頼みに行ったのでは？」

「いや、そりゃないな。ひどく具合を悪くしてたから。料金は立て替えてやって、タクシーで帰らせたんだ。今日いっぱいは家で休んでなさいと言ってな。返金も急がなくていい、請求もしないからと言ったんだ。おっと、あんたは新聞記者だったっけ。つい口がすべった。ウェストファルの旦那に、葬式代を持つことはだれにも喋らんでくれと言われたんだ。このことは書かんでくれよ」

　私はうなずいた。「いまは取材じゃないですよ。休暇中なんです、一時間前から」

「じゃあなんだって、こんな話を聞いてるんだ？」

「単なる好奇心です。さっきも言いましたが、たまたま近くにいましてね。向かいの店でビールを飲んでたら、ウェストファルさんたちが出てくるのが見えたんです。今朝、仕事で関わってたときには、多少の関心もあった一件ですからね。だから立ち寄ってみたんですよ」

「そうか。まあ、いつでも歓迎するよ」

「ウェストファルさんの子供は、もう姿を見せたんですか?」

「ああ、一時間ほど前にな。財布がないのに気づいて、ホワイトウォーターの忘れ物センターに行ったそうだ。警察もそうするだろうと思って、そこで待ってたんだ。もう家に戻って、親の帰りを待ってる」

「どうしてここで待たせなかったんですか? 親はまず、ここに来ることになってたんでしょ?」

ヘイリーは変な顔をした。「おいおい、ばか言うな。葬儀屋に来て、死んだはずの子供が生きて出てきたときのショックを考えてみろ。卒倒しちまうよ。会わせる前に、まずは知らせてやらにゃあ」

「なるほど。浅はかでした」

「まあ、こんな仕事をしてると、そんなことには気が回るようになるもんさ。ショック状態の人間も見慣れてるし、そういう人間のふるまいかたも知ってるし、扱いかたも知ってる」腰を上げ、「さてと、追い出したくはないが、そろそろチョユナツキさんのとこに行かにゃならん。車かね? 違うなら、どっか途中まで乗っけてやるが」

「ありがとう。車ですよ」

外へ出て車に乗りこみ、自宅に向かった。

家は空っぽだった。キッチンのテーブルに、ミリーの走り書きのメモがあった。

サムへ

缶詰しかないから、今夜は外で食べてください。パンなどの傷むものは、ご近所にあげてしまったから。冷蔵庫の設定はいじらないで。家を出るときは、かならず全部のドアと窓に鍵をかけて。今夜は早めに寝てください。ビルとハーヴィーが五時に迎えに来るなら、四時には起きておかなくちゃ。荷づくりなどの準備を今夜中にすませておけば、もっと遅くても大丈夫だけど。楽しんできてね。

読んでいるうちに、居間の暖炉の置き時計が四度鳴った。ミリーはいまごろ車中の人で、列車はこれから走りだすか、もう走りだしたあとか。

さっさと準備をすませてしまおうと思った。といっても、やることはたいしてない。服を何着かスーツケースに放りこんで、玄関わきに置いておく。釣り道具一式と銃の手入れをして油を差し、すぐ使えるようにしてから、スーツケースのそばに立てかけておく。明日の朝に着る服まで選んで広げておいた。これなら午前四時四十五分まで寝ていても、ふたりの迎えに間に合う。朝食は出発後、どこか途中でとることに決めていた。

しばらく家のなかをぶらついてから、近所のレストランへ行って夕食をすませた。食べおえても、まだ六時にもなっていなかった。コーヒーを飲みながら、今夜は何をしようかと思案する。

多少寝不足になったとしても、休暇初日の夜を読書で費やし、早寝で終えてしまうのはもったいない気がする。

ニーナ・カーベリーに電話をかけてみようか。いいや、いまはそんなことをする時じゃない。あるいは、いまだからこそなのか？　ミリーも自分も、浮気は一度もしたことがない。ほかの点でどれほどまちがったことをしても、それだけはやらなかった。しかし、この仲たがいが一時的なものにせよ——いやむしろ、一時的なもので終わればなおのこと——今夜はさして良心に負担をかけずに固定席をちょっと離れる最大の、ことによると唯一の機会なのではないか？　待て待て、やはりだめだ、一夜かぎりの関係のためにニーナをたぶらかすのはフェアじゃない。ミリーとの別れが決まったあとなら話は別だが——それならすぐに再婚する気はなくても、とりあえずはフリーなわけだから。そもそも、ニーナに電話するなり会いに行くなりしても、あっちが友人として迎えてくれる保証すらないのだ。

だめだ。ここは自制して、おとなしく帰宅して早寝するべきだ。充分に睡眠をとったうえで、休暇の旅を始めるべきだ。

私は家に帰り、しばし読書をしてから、ベッドに入って眠りについた。ジミー・チョユナツキも、ジェットコースターも、オービー・ウェストファルもとっくに頭から消えていた。

# 日曜日

## 1

心のどこかでは夢だとわかっていた。夢と現《うつつ》のあわい。〝これはただの夢だ〟と思っているのに、本物でないはずのものを生々しく見たり聞いたり触ったりしている、あの状態だ。

地面の近く、ジェットコースターのレールの最初の谷底に、私はうつ伏せで寝そべっている。動かせるのは首だけだ。その首を横に向けると、高く急な山の上から一直線に突進してくるコースターが見えた。先頭の座席には三人の客が乗っていて、手すりから身を乗り出してこちらを凝視している。葬儀屋に入って出ていった例の三人、ウェストファル夫妻とその妹。女ふたりは泣きわめきながら、同時に笑いころげていた。男の顔には表情がなく、硬くこわばって、仮面のようだ。コースターは私の身体を横切っていった。ところが、痛くもなんともなく、怪我ひとつ負っていない。夢のなかでは変だと感じないもので、特に不思議には思わなかった——なぜ無傷なのかも、なぜ次のコースターに轢き殺されることがわかっているのかも。私はそこに横たわったままその時を待つのみだった。高いレールの山のてっぺんにそいつが現われ、私の息の根を止めに来るのを。いくら動かそうとしても身体はぴくりともせず、喉の筋肉も動かず、悲鳴すら上げられない。恐怖は極限までふくれ上がった。

　私の身体を横切ったコースターの音が、徐々に遠ざかって消えた。それから新たな音が聞こえてきた。

　そこで完全に目が覚めた。新たな音の正体は、ベッドわきの目覚まし時計が時を刻む音だった。しかし夢のなかでは、そんな音ではなかった。巨大な爪車《ラチェット》がガチャンガチャンと鳴る音。コースターの車体が、コースの最初の山に引っぱり上げられる音だ。エンドレスチェーンが引っぱるあいだ、爪車《ラチェット》が派手に大きな音を立てつつ、万が一チェーンが切れた際に車体がうしろに落ちるのを防ぐ。乗ったことがあれば、あるいは見物しただけでも、その音のことは憶えているはずだ。

　私は首を横に向け——夢のなかで向けたように、というのも夢のなかでレールに寝そべっていた体勢と同じく、ベッドの上でうつ伏せになっていたから——ナイトスタンドの時計の光る針と数字を見た。四時五分。アラームは二十五分後、四時半に鳴るように設定してある。

　ふたたび枕に顔をうずめ、寝なおそうとした。だが眠れなかった。ふだん寝覚めは悪いのに、すっかり目が覚めてしまっている。身を起こし、目覚ましのアラームを止めた。これならいっそ、いま起きてしまったほうがいい。

　シャワーを浴びて服を着る。時間をつぶす必要があったため、キッチンに行ってコーヒーをいれた。クリームがないので砂糖のみだが、味は悪くない。

甘くて熱いのを二杯飲み干してからでも、ゆとりをもって家のなかを見まわり、全部のドアと窓の施錠を点検することができた。やがて、ドアベルが鳴った。

ララフラム湖には七時少し前に着いた。天気は快晴で、太陽は山かげから顔を出したばかりだ。釣りにはよい日和だし、時間もちょうど頃合いなので、さっそくウィーランのロッジに荷物を下ろすと、荷解きはせずに釣り具だけを持ち、舟小屋からボートを出して湖に繰り出した。

昼までにパーチとウォールアイがどっさり釣れた。陽《ひ》が照りつけてすっかり暑くなっていたから、今日はここまでと切り上げて、午後いっぱいは網戸で囲われたテラスに引っこんだ。賭け額二十五セントまでのスタッドポーカーに興じつつ、冷たいトム・コリンズを喉に流しこむ――何杯も何杯も。

六時になっても、誰ひとり夕食を作ろうとしなかった。そもそも作れる状態でもなかった。適当にサンドイッチをこしらえ、それをかじりながらポーカーを続けた。三十分もすると、いささか飲酒の修練が不足しているハーヴが、いまにもチップの山に頭を突っこんで眠りに落ちそうになった。ビルと私はハーヴを寝床に追っぱらい、ふたりぶんのカクテルのお代わりを作った。

その後、グラスを片手に湖のほとりに行き、かなたに沈む夕日を眺めた。ダンテの世界から抜け出てきたような、ものすごい夕焼け。

その色が褪《あ》せるまで、われわれは腰を下ろして眺めていた。身体には少し酔いが回っていたが、頭は冴え冴えとしていた。冴えすぎているほどに。

私は言った。「ビル、おれは帰るべきかもしれない。来るべきじゃなかった」

ビルがこちらを見た。「何か抱えこんでるのは気づいてたよ。一日中、熱いコンロに乗っかった猫みたいだったじゃないか。本当に帰るつもりなら、あとはハーヴと楽しんどくぜ。まあ、スタッドポーカーは無理だからジンラミーでもな」

「おまえとハーヴの一週間を、白《しら》けたものにしたくはないんだが」

「気にするな。だが、おまえ面倒なことになってるんじゃないのか？　おれたちに手伝えることはないか？」

私はかぶりを振った。

「よけいな世話かもしれんが、女か？」

「違うよ。説明したいんだが、あまりにも変てこな話でな。喋ってるうちに、自分でも頭がいかれたと思っちまいそうだ」

「早めにすませて、おれたちがいるあいだに戻ってこられそうか？」

「どうかな。どうしても確かめて納得したいことがあるんだ。一日ですむかもしれないが、どれほど長引くかわからない。この近くにバスは通ってるか？」

「ああ。ここから三マイル先の、ホルトンってとこに停まる。夜行バスがあったはずだ、南行きの。電話で何時発か訊いてやるよ」

ロッジに戻ると、ビルはバスターミナルに電話をしてくれた。

「十時発だ。いまからだと、ええと……一時間半ほどだな。車を出すか？」

「いや、いいよ。三マイル程度の散歩は、酔いざましにちょうどいい。途中考えたいこともあるしな。一時間半もあれば、余裕をもって着けるよ」

「そうか。なあ、本当におれなりハーヴなりが、助けになれることはないのか？　もしあるのなら——」

「大丈夫さ、ビル。ただ……けど、スーツケースを三マイルかついでいくのは嫌だな。おれの荷物はあのままにしといて、一週間の終わりまでに戻ってこなかったら、持って帰ってきてくれるか？　さしあたり必要なものはない。かみそりと歯ブラシくらいだが、それならポケットに入れて運べるから。戻れそうなら電話するんで、ホルトンまで迎えに来てくれよ。電話がなければ、待たなくてもいいぞ」

　明るい月のもと、ホルトンまで歩いた。着くころにはすっかり酔いもさめ、なんて馬鹿な真似をしているのか、とふつふつと疑問がわいてきた。

　しかしそれでも、私はバスに乗りこんだ。

# 月曜日

## 1

　その朝は目覚めたとたん、妙な気持ちにとらわれた。自分の家の自分のベッドに寝ているのに、ひどく違和感がある。ここにいるのではなかったはずだ。数秒ものあいだ失見当識《しっけんとうしき》の状態が続き、どこにいるはずだったのか、なぜここにいるのか、いったい何がどうなっているのか、何もかもが思い出せなかった。

　やがて記憶がよみがえった。愉快とはいえない記憶だった。長い距離を歩いたこと、バスに乗りこんだこと、ターミナルからタクシーで帰ってきたこと、玄関の鍵を開けてベッドにもぐりこんだこと――夢みたいに理不尽な、ばかばかしい行動だ。いったいなぜ、申し分なくすばらしい休暇をみすみす棒に振ったのか？

　時計は午前八時を告げていた。家に着いたのは午前二時過ぎだったから、六時間も寝ていない。しかし自分に腹が立ちすぎて、すっかり目が冴えてしまった。起き上がって着替え、コーヒーをいれて飲んだ。

どうにか落ちつきを取り戻して、バスターミナルに電話をかけてみた。ホルトン行きのバスは一日一本しかなく、午後四時十五分発の八時半着とのことだった。ウィーラン兄弟に迎えを頼みたいが、いま電話をかけても無駄だろう。いまごろは湖でウォールアイを釣っているはずだ。家を出る直前にかけるか、ホルトンに着いてからかけるか。この際、車で行こうか。いや、それはやめておくべきだ。タイヤが二本、いつぺしゃんこになってもおかしくない状態なのに、休暇後までオーバーホールを先延ばしにしているのだから。町なかを走るぶんには――不運に見舞われれば数ブロック歩いて、修理工場に電話をかけに行くはめになるだろうが――ひとまず問題ない。しかしながら、旅行に使うのはあまりにも無謀だ。

やはりバスを待とう。そうすると七時間ほど、時間つぶしをしなくてはならない。家のなかには食べ物が何もないから、まずは朝食をとりに外出したほうがよさそうだ。ガレージからビュイックを出し、レストランに向かう。途中で新聞を買った――《ヘラルド》ではなく、朝刊紙の《ジャーナル》を。食べながら目を通す。

《ジャーナル》に、ジミー・チョユナツキの事故の記事はなかった。土曜以降に新しい動きがなかったとすれば、驚くにはあたらない。日曜版にはなんらかの記事を載せたかもしれないが、この新聞社がホワイトウォーター・ビーチに恨みを抱いていない以上、新たな展開がなければ続報を打つ理由はない。

そう考えつつも、昨日の《ジャーナル》がどんな扱いをしたか、うちが逃した事実を掘りあてたのではないかと気になり、まだ日曜版が残っていないかとウェイトレスに尋ねてみた。その娘はカウンターの下に積んである新聞の山から、一部を捜し出してきてくれた。記事は見つかったものの、第二面の、六インチコラムの簡単なもので、載っているのは知っていることばかりだった。ただ、チョユナツキ少年の住所を知ることができた。ラドニク通り二九〇八番地、ホワイトウォーター・ビーチの裏口から一、二ブロックのあたり。つまり十中八九、ふだんからあそこをうろついていたということだ。

ビュイックに乗りこみ、時計を見る。かまうものか、と思った。市に戻ってくるという馬鹿をやったからには、バスの時間の許すかぎり、やりたいと思ったことのいくつかでもやってしまおう。そうすれば、きっちり納得できるかもしれない——この恐ろしい疑念は、ただの思いすごしだと。

車を南に向け、ラドニク通りに入る。ホワイトウォーターの裏手、すさんで物騒なサウスタウンと呼ばれる地区を貫く街路だ。ずっと昔は赤線地帯だった。市によってそれは一掃されたが、物騒な場所であることに変わりはない。中心地はラドニク通り三一〇〇番台ブロック。安酒場に浮浪者、飲んだくれなどがひと通りそろっていて、バワリー街やサウスステート通りのミニチュア版といった雰囲気だ。

二九〇八番地の建物は、三階建ての安アパートだった。暗く狭い玄関に、錆にまみれた郵便受けが十六個並んでいる。３０６と書かれたひとつに、チョユナツキの名前があった。階段をのぼり、三階で目指す部屋のドアを見つけ、ノックをした。

ドアはすぐに開いた。それからたっぷり二秒間は、ドアを開けた女と見つめ合っていた。相手もそうだが、こちらのほうがよほど仰天した顔をしていたにちがいない。ようやく口をひらいた。「ニーナ。これはいったい――」

彼女は唇に指を当てた。「しっ。ここでちょっと待ってて。出てから説明するから」静かにドアを閉めた。

なにかしら説明がつけられるはずだ、と思ったものの、理屈の通る説明は何もうかばなかった。説明がつこうとつくまいと、まったく驚くべきことだ。おとといの夜はずっと、ニーナ・カーベリーのことを思い出していた。あと少しで電話をかけるところだった――そしていま、チョユナツキの部屋のドアをノックしたら、ニーナがそれを開けたのだ。

ふたたびドアがひらいた。今度は部屋の外に出てきて、ドアを閉め、こちらに向きなおった。

「チョユナツキさんに会いに来たの？　サム」

「そうだけど、きみはここで何を――」

「福祉の仕事。いま彼女に会うのは無理よ。やっと眠ったところなの……あのことが起きてから、ほとんど寝てなかったのね。紙とペンは持ってる？」

「ああ。どうして？」

「〝起こさないでください〟って書いて。ドアに留めとくから。ピンはあるわ。ほかにだれかが来ても、起こされないようにしとくの」

手帳にその文句を書きつけ、ページを破り取って渡した。いつの間に持ってきたのか、ニーナは手にしていたピンで、その紙きれをドアに留めた。

それから振り向いて、「まだ《ヘラルド》に勤めてるの？　彼女を取材しに来たんでしょ。もしかしたら、わたしでも間に合うかもしれないわ。チョユナツキさんはよく知ってるし、ジミーのことも高校入学から知ってるから」

「そうか」語を継ぐ。「でも、それより先に積もる話があるだろ？　何年も会ってなかったんだから。どこで話せばいい？　一杯誘うには、いくらなんでも早すぎるかな」

ニーナは腕時計に目を落とした。「そうね……十時半はちょっと早いけど、一杯だけならかまわないかしら。今日はまだ少し電話をかける用があるんだけど、午後に回しても大丈夫だと思うから」

「ふうむ。じゃあ、昼食もとるんだな。よし決まりだ。でも行く前に、ちょっと待って。きみをよく見せてくれよ」

私は一歩下がり、彼女を眺めた。ニーナは六年でずいぶん様変わりしていた。以前はかわいい感じだったが、いまは美人だ――少なくとも、美人まであと一歩だ。黒の角縁《つのぶち》眼鏡が教師のような、いささかお堅い印象を与えている。しかし、身体のほうは教師くささとはかけ離れていた。つくべき場所につくべき分量のついた豊かな肢体。以前とは違う。

「こんな界隈に、そんなセーターで来るのかい？」

ニーナは微笑んだ。いたずらっ子のようににんまり笑った、というべきかもしれない。「この眼鏡が守ってくれるわ」

「取ってみてよ」

「お断わりよ。あなたの目つきからして、いまこそ守ってもらわなくちゃ」

「なるほど、そうかもな」私は答えた。「よし。充分に拝見したよ、いまのところは。どこで一杯やろうか?」

2

ニーナと私は、スタットラーホテルのカクテルラウンジに腰を落ちつけた。私の車ではなく、ニーナのクーペに乗ってきた。時間ぎめの駐車エリアに停めていたから、どのみち移動させなければならなかったのだ。

マンハッタンを飲む。「もう眼鏡を取ってもいいだろ。ここは公共の場所だし、バーテンの監視つきだ」

彼女は微笑み、眼鏡を外した。

「美人だ」私は称賛した。「どうして結婚してないんだい? それともしてるのかい?」

かぶりを振る。「してないわ。でもなぜしないのかは、長くて退屈な話になるから。やめておきましょ……いまのところはね。あなたはまだ、《ヘラルド》の記者をしてるの?」

「うん。でもこのごろは、あんまり足を使う仕事はしてないんだ。たいていは社会部のデスクでリライト作業をしてる。それとたまに、泣ける記事を書いたり」

「それでチョユナツキさんを訪ねてきたの？」

一瞬躊躇したが、正直に打ち明けることにした――いちおう少しだけは。

「いや、今週は休暇なんだ。今日はただ……そう、あの件が起きた土曜日、記事の助っ人に入って興味を持ったんだ。ひとつふたつ引っかかることがあって。事前に取材のアポをとっとくべきだったんだが、あいにく急に思い立ったんでね」

「ともかく、今日はやめておいて。チョユナツキさん、ひどく動転してるのよ。お友達なら別だけど、あまり人と話さないほうがいいの。明日も無理だわ。お葬式が二時からだから。わたしが答えられる範囲なら、訊いてくれれば答えるけど。彼女のことも、ジミーのことも。何を知りたいの？」

「それがはっきりしないんだ。ちょっと状況を教えてくれないか」

「そう、わかった……わたしは、三年前から福祉の仕事をしてるの。ちょうど、ジミーがサウスサイド高校に入ったころから」

「待った」口を挟む。「話の腰を折りたくないんだが、きみはまだ、あの高校の事務をやってるのかい？　それとも、福祉の仕事をフルタイムで？」

「まだ高校に勤めてるわ。でもそれほど、仕事の量が多くないから……一日六時間で週に五日」

「しかも年に九ヵ月だけか。それとも、夏にも勤務があるのかい？」

「あるわ、夏期講座が。単位を落とした子の再履修のために。飛び級用の講座とか、通常の時間割には入れられない実務科目もあるわね。だからもちろん、事務室も開けとかなきゃいけないの。

ただ、今日のところは休校だから。ブラッドショー博士が市内に来てるの」

「何者だい？　ブラッドショー博士って」

「国内で一、二を争う中等教育の権威。国家教育委員会の肝いりで全国を飛びまわって、先生たちに最新の教育方法論を伝授してるの。今日はフォーラムをやるから、市内の教員は全員参加してるはずよ」

「じゃあ、ブラッドショー博士さまさまだな。それがなかったら、いまごろきみは学校の事務室にいて、出会うこともなかったわけだ。出会ったこと自体、すごい偶然だけど」

「そう？　同じ市に五年――六年だっけ？――も住んでて、いままで出会わなかったことのほうが不思議だと思うけど」

「かもね」とだけ答えて、それ以上は深入りしなかった。いまは話したくない――おとといの夜、彼女のことを思い出して、あとちょっとで電話をかけそうになったことは。「さっきの話を続けてくれよ。福祉の仕事のこと。チョユナツキさんの件に戻る前に」

「そんなに話すこともないわよ。週に三十時間の学校勤務のほかに、ずっとパートみたいな感じでやってきたの。実際、フルタイムの職業でもないのよ。三年前、社会福祉事務所がパートタイマーを募集してるのを知って、やりがいがありそうだから応募したの」

「いまもやりがいを感じてる？」

「ええ。もちろん世のなかの裏側というか、嫌なものもたくさん見聞きするけど。でも、助けがいる人の役に立てるのはいい気持ちだわ。報酬はスズメの涙でも、学校の仕事があるからやっていけるし。あと、現実的なことを言えば、時間に縛られないのがいいわね。支援をしている担当家庭がいくつかあって、連絡を切らさないようにしてるんだけど、各家庭を訪問するのは週一回。定期連絡だけなら数分で終わるわ。支援のときはもっとかかるけど、訪問は午後とか夜でもいいし、土曜でもいいし、自由にできるのよ」

「なるほど、いい契約だ。それでいまは、チョユナツキ家の担当なんだ」

「はじめて担当した家庭のひとつなの、あそこは。それ以来ずっと受け持ってて。もう奥さんひとりきりだわ。三年前は三人家族だったの。旦那さんのスタンリーは——元の名前はたぶんスタニスラウスね、ポーランド出身だから——酒びたりで。暴力をふるったりはしなかったけど、ただ弱い人で。仕事は長続きしないし、家のお金は片端から飲み代に使っちゃうし。アンナが——わたしは奥さんのこと、そう呼ぶようになったの——身体の限界まで働いても、ううん、限界なんか超えてたと思うけど、食べものもろくに買えなかったのよ。スタンリーは二年前に亡くなったわ、肺炎で。

それからアンナは、前よりはちょっと楽になったの。少し元気になったし——それでも健康体にはほど遠いけど——洗濯屋さんで、もっと長く働けるようになって。余裕があるとはいえないわ。でもジミーとふたり、食べるのには困らなくなった。ジミーのことがなければ、わたしの担当リストから外れてたかもしれない。その件は知ってる？」

「かっぱらいとスリで、補導歴があるんだってね」

ニーナはうなずいた。「やれる、と思ったら、やらずにはいられないみたいだった。それ以外はいい子だったのよ。意地悪でもけんか好きでもなくて、お母さんにも優しくて。少年院を出たり入ったりしてたし、それに……あんな状態じゃ、お母さんが傷つかないわけないんだけど。お金が欲しかったのとも違うらしいの、もちろん、それもあるだろうけど。アンナはお小遣いをあげられてなかったから」

「ジミーは、働こうとは？」

「してたわ、何度となくね。でも長続きしないの。束縛が大嫌いだから、納得のいかない指示や叱責を受け入れるのが難しくて。しかも働いてるときも――だからお金の問題じゃないってわかったんだけど――盗みはしてたの。雇い主から盗んでは馘《くび》になって、次の就職がますます難しくなって」

「あんまりいい子には思えないね」

「それが変なんだけど、いい子だったのよ。とてもそうは思えないだろうけど。頭もよかったわ。学校の成績はAばかりで――あの家の担当になったとき、小学校の成績表をチェックしたの。サウスサイド高校で、一年生だったときの成績も見られるし。本当に優秀だったわ――学業に関しては、最後までずっと。体育館のロッカールームから服を盗んで、見つかって退学になったの。

教養は本当に欲しがってたみたい。夜はたいてい、読書をして過ごしてた。読む本も軽いものばかりじゃなかった。いつも公立図書館から、たくさん本を借りてきてたっけ――歴史書に伝記、文芸作品。それに文法書と作文の本も。サム、あの子は完璧な英語をあやつれたのよ。わたしなんかよりずっと、ちゃんとした言葉遣いだった。ポーランド語とブロークンな英語だけの家庭で育ったのに。あの子、作家志望だったの」

「そいつは驚きだな」私は言った。「そうだ、知ってたら教えてほしいんだが。土曜の朝、ジミーはホワイトウォーターにひとりで行ったんだろうか？　それともだれかと一緒だった？」

「知らないわ。それが重要なの？」

「いや、まだわからないんだが。じゃあ、ジミーの友達をだれか知ってる？」

「……いいえ、わからない。ごめんなさい」

「ウェストファルっていう子と、知り合いじゃなかった？」

「オービー・ウェストファルのこと？」

「そうそう」

「ううん……顔くらいは知ってたはずだけど。サウスサイド高校で同じクラスだったから。でも、友達じゃなかったと思うわ」

「どうして？　たしかに家庭の属する階層には差があっただろうけど、ジミーがきみの言うとおり教養豊かだったんなら、問題なかったんじゃないか」

「でも……あのふたりじゃ、まるっきり興味の対象が違うもの。オービーの成績は上のほうだけど、ジミーと違って、勉強や読書に関心がないの。それから、オービーはスポーツ万能だけど、ジミーは大のスポーツ嫌いだった。たぶん、小柄で華奢なせいで、体力じゃほかの子に太刀打ちできなかったからね。しかも……そうよ、家庭環境だけじゃなく、ほかの点でもぜんぜん違ってた。ちょっとは顔見知りだったかもしれない……でも、ぜったい友達じゃなかったわよ、知ってるわけじゃないけど。あの違いを埋めるだけの、共通の興味分野がひとつもないもの。ねえ、どうしてオービーのことを訊くの？」

「ジミーのポケットに、オービー・ウェストファルの財布が入ってた。事故の直前にかっぱらったらしい」

「サム！」ニーナの顔色が変わった。「それ、新聞に載せるつもりなの？」

「いいや。少なくとも《ヘラルド》には載らないよ。最初の日、印刷へ回す前に仕入れておいて載せなかったんだから、いまさら載せるわけないさ。《ジャーナル》も同じだと思うよ。日曜版でどう扱ってるか見たんだが――土曜の朝刊には間に合わなかったはずだ――財布のことには触れてなかった。情報は摑んでたはずだけどね」

「よかった。そんなの、奥さんの目に触れさせられないわ。死んでしまうかも」

「どうして？　彼女だって、ジミーの盗みぐせのことは知ってたんだろ。いまさら一回増えたところで」

「それは……すごく信心深いからよ。それに亡くなるまでの二ヵ月くらい、ジミーは問題を起こしてなかったし……アンナの知るかぎり、盗みはしていなかった。『いい子で死にました』って本人は言ってたけど、あんな目に遭ったアンナがなんとか自分を保っていられるのは、最後にわが子が更生したと思えたことが、大きな慰めになってるからよ。その思いだけにすがってるの。ジミーが盗みを働いた直後、盗んだ物を持ったまま亡くなったなんて知ったら……」

「わかるよ」私は答えた。「ぼくは信心深くはないが、信仰のある人にとってそれがどれだけ大事かはわかる。了解したよ、ニーナ。彼女にその話はしない。警察も事故の連絡をしたときに知らせてないのなら、もう知らせることもないだろうし」

「そう願うわ。生きる支えなのよ、いい子で亡くなったと信じて、慰められることが。それから、お葬式をちゃんと出せることも。アンナのような人にとっては、それがとても大事なのね。遊園地が費用を負担してくれるみたい」

「あそこが？」

「だと思うわ。アンナの話じゃ、だれかが出してくれることになったんだけど、その人は名前を明かそうとしないんだって。だから、遊園地の経営者じゃないかって言ったの。もしかしたら、ジェットコースターの運営業者かもしれないけど。匿名なのは、公にしたら責任を認めたと思われそうだからかも。そんなのは心配いらないんだけど……遊園地に責任がないことは、アンナもよくわかってるわ。訴えるつもりもないし。でもあっちにしてみたら、そんなことはわからないわよね」

　誰が葬儀代を持つのか、本当のことをニーナに話そうかと思ったが、やめておくことにした。誰にも言わないというヘイリーとの約束を、ここで反故にする理由がない。むしろニーナとチョユナツキの母親には、いまのとおりに思わせておいたほうがいいのかもしれない。

「いま何時？　サム」

　私は時計に目を落とした。「十二時二、三分かな。午後の。そろそろ飲酒も合法だろ。もう一杯どうだい？」

「ありがとう。でもやめとくわ。お腹すいてない？　お昼はどう？」

コーヒーショップに移動して、昼食をとる。ニーナはそろそろ戻って、残りの電話をすませなければと言った。

私が指さしたビュイックの横に、ニーナは車を停めた。ドアを開けた私は、降りる前に尋ねた。

「住まいはどこ？」

「学校のそばのマンションよ」

「電話帳には載せてる？」

彼女はじっとこちらを見つめた。「結婚してたわよね、サム」

「してるよ。でも知りたいんだ」

「もう、会っちゃいけないと思うわ。もしも……」

言葉を引きとらず、待った。

「……じゃあ、電話帳を見てみたら」

にっと笑みを返して、車を降りた。「そのうちに。じゃあね、ニーナ」

車が動きだしたので、急いでドアを閉めなければならなかった。

角を曲がっていくクーペを見つめながら、電話をかけようかどうしようかと考えていた。かけたいかどうか考えていたわけではない。かけるかかけないかだ。

ビュイックに乗りこむ。ハンドルの前でしばし思案したのち、数ブロック先のホワイトウォーター・ビーチに車を向けた。行こうと思った場所のひとつだ。せっかく近くまで来たのだから、いま行ってしまったほうがいい。

大人の姿はあまりなかったが、広小路には少年少女があふれていた。ブルー・ストリークに向かい、土曜の午後に乗り越えた、ジミーも乗り越えたはずの柵の前を通りすぎる。いまはてっぺんに三本の有刺鉄線が、四、五インチ間隔で張りわたしてあった。柵の向こうの区域に、二度と子供を入れまいとしているのだろう。

コースターのチケット売り場には売り子がひとりいたが、まだ窓口は開けていなかった。小銭と札を数えては、仕切りのついた引出しにしまっている。

裏の乗降用ホームでは、例の麦わら帽をかぶった縦にも横にも大きな男が、片方のコースターの座席に羽根ばたきをかけていた。

私が近づいたのに気づいて振り向く。「またあんたか。今度はなんの用だ?」

笑みを返す。「用というほどじゃ。今日は乗れるかと思いましてね。記者の特権を活かせますか? チケットを買わなきゃだめですかね」

「買ってくれよ」不機嫌そうな声。「あと五分か十分でオープンだ。両方を一度ずつ走らせてからな」

「今日のオープンは遅いんですね」

「平日だからな。平日は午後二時から、土日祝は午前十時からだ。なあ、何しに来たんだ? あの事故のことで、何か書こうってのか?」

かぶりを振る。「ジェットコースターの記事を考えてるんですよ」

「へえ」男はちょっと考えこんで、「じゃあ、安全だってことも書いといてくれよ。土曜日のあれは、おれだってはじめてのことだったんだ。よそで聞く事故だって、客がいかれたことをやらかすから起きたのばっかりだぜ。走行中に立ち上がったり、身を乗り出したり。列車のほうがよっぽど危険だよ、車なんかもっとだ」

「書いときますよ」私は答えた。「ところで土曜の午後、このあたりで万年筆を見ませんでしたかね?」

「いいや。なくしたのか?」

「話を聞くちょっと前まで持ってたはずなんですが、遊園地を出てすぐ、なくなってるのに気づいて。落とした場所は見当がついてるんです。この奥、コースターが脱輪したところで作業員のレール修理を見物してて、よく見ようと身を乗り出したときにポケットからすべり落ちたんじゃないかな。探しに行ってみますよ」

言うがはや、ホームから飛び降りる。「おい」男が呼びとめた。「あんたがいちゃあ、試運転ができんから。さっさとすましてくれよ」

「よしてくださいよ。レールになんか乗りませんよ、いかれちゃいませんからね。あの生い茂った草のなかを探すのは時間がかかりそうだ。準備ができたら、始めていいですよ」

レールの横を歩いていき、最初の高い山を支えている骨組のわきを通る。上り坂から下り坂へ。レールが地面の高さまで来たところで足を止めた。レールから数フィート離れたところ。誰かが見ているといけないので、そこの草むらにかがみこんで、探しものをしているふりをした。

一、二分ほど経つと、爪車《ラチェット》がガチャンガチャンと鳴る音が聞こえてきた。夢で聞いた、車体を山のてっぺんに引っぱり上げる音だ。派手に響きわたる音。日曜の朝の夢と同じくらいにけたたましい。

この音を聞きのがすわけがない。耳がまったく聞こえないか、それに近い人間でなければ。ジミーに耳の障害があったのなら、さっきニーナが触れていたはずだ。どんな種類のものであれ、ソーシャルワーカーが支援対象者の話をする際、身体の障害に触れないわけがない。

車体が山のてっぺんに来て、音は止まった。と、すさまじい轟音が周囲を圧し、レールから離れた安全圏にいたにもかかわらず、私は思わず一歩あとじさった。音はふくれ上がり、通過の瞬間には気のせいかもしれないが、足下の地面まで震えた気がした。それは一瞬で、向こうの山にのぼっていった。

地面が震えたかどうかは知らないが、私の身体は少し震えていた。

このとき、ずっともやもやしていた疑念の――そのひとつの正体が見えた。ジミー・チョユナツキの死は事故のせいではない。

そんな状況は想像できない。

しかし、これなら想像がつく――この場にたたずむふたりの少年。爪車《ラチェット》の音も聞こえているしコースターが来るのもわかっているが、わざとレールの近くに立ってスリルを楽しんでいるのだ。とはいえ、まだ安全な距離をとっている。そしてコースターが山を下りはじめたとき、大柄なほうの少年がすばやく広小路のほうを振り返り、あの狭いすきまから誰も覗いていないことを確認すると、コースターがレールの谷底に迫る瞬間、小柄な少年をひと押しする――押された少年はあっと手をつこうとするものの、そのままうつ伏せに倒れこむ。レールの上に。

これならありありと想像できる。脳裏にこびりついて離れないほどに。

いくども振り払おうとしてきたが、だめだった。それどころか想像はふくらむいっぽうで、とうとうそれにつき動かされるように、ラフラム湖から市へ戻ってきてしまった。はっきりさせようと思ったのだ、私がまちがっていることを――あるいは正しいことを。いままではただの直感だった――とはいえ少しは、意識下ないしは無意識下の知識に基づいたものだったろう、すべての直感がそうであるように。しかしいまは、それ以上のものとなった。私は真相を知ったのだ。少なくとも、知ったのだと考えている。

ふたたび爪車《ラチェット》の音が聞こえた。もう一台のコースターがコースを回りはじめたのだ。それが通過するのを見ているのも、聞いているのもごめんだ。レールの骨組の横を通って、ホームに戻った。

「万年筆は見つかったか？」

かぶりを振る。

「なあ、もしあそこで本当になくしたんなら、たぶん塗装屋が二回目に入ったときに見つけたと思うぜ。で、忘れ物センターに持ってったかもしれんぞ。訊いてみるといいよ」

「そうしますよ」私は答えた。「ありがとう。センターは事務所のあるところですか？　野外ステージの裏の」

「そうだよ。なあ、本当にジェットコースターの記事を書くつもりなら……で、うちに挽回のチャンスをくれるんなら……さっき言ったことは忘れてくれよ。チケットはいいから、乗りたいだけ乗ってくれ。ほら……いま乗ってもいいぞ」

「そりゃどうも。でも、またあとで。営業が始まってから来ますよ。ほかの客を乗せてやってください、反応が見たいから」

「そうか、じゃああとでな」

3

遊園地の事務所の入っている木造の建物側面に、忘れ物センターの窓口はあった。窓は窓でもガラス窓ではなく、内側から開ける木戸だ。閉まっているが、わきにベルのボタンがあり、その上に〝ベルを鳴らしてください〟と書かれている。

私はベルを鳴らした。

数秒経って窓がひらき、赤毛の若い男のそばかす顔が覗いた。

記者証をちらりと見せる。「土曜日は、ここの窓口に出てたかい？」

「夕方五時までなら。夜はほかのやつが出てたから」

「ここに届けられた財布のことを訊きたいんだがね。身元確認で、ヘンリー・Ｏ・ウェストファルの持ち物だとわかったやつだ。憶えてるかい？」

「憶えてるよ。届いてないんだよ、ほんとは」

「というと?」

「ええと、正午ごろに……正確な時間は憶えてないけど、十二時半に昼飯へ出かける前、ギルマンさんが来たんだ。昼間このへんをパトロールしてる警官だよ。ウェストファルって高校生が、財布が届いてないか訊きに来なかったかっていうんで、来てないって答えたら『なくしたことに気づきしだいここへ来るだろうから、現われたらおれんとこに来るように言ってくれ。財布はおれがあずかってる。しばらくブルー・ストリークの近くにいるから』って。なんでここに置いてかないのか訊いたら、財布を返すだけじゃなく、そいつに伝えたいことがあるんだって。

それで昼飯から戻って、十分か十五分して――外出中は〝昼休み中、一時半再開〟って札を下げとくんだけど――ベルが鳴った。そいつが財布をなくした高校生だったんで、ギルマンさんのとこに行かせたんだ。あとは何も知らないよ」

「ありがとう。ギルマンって警官は、いまもこの近くに?」

「パトロール中だと思うけど、どこにいるかはわかんないよ。園内のどこかだろうけど」

青の制服は見つかりやすいものだ。ものの数分で、私は広小路を歩いている制服姿の男を見つけた。追いついてみると、それは見憶えのある警官だった。土曜日、記者証を見せて柵を乗り越え、作業員たちのレールの修理を見たときに警備をしていた警官だ。

「ギルマンさん?」声をかける。

「ああ。あんたは土曜日、ここに来ていた記者だね」

私はうなずき、聞きたいことを尋ねた。

「十二時ごろ、グレーンジ警部補が葬儀屋からここに来て、財布をよこしたんだ。今朝死んだやつが所持していたものだが、そいつの持ち物じゃなかったって。死んだやつはスリだったから、財布は盗品にちがいない。財布の中身から、本当の持ち主の名はヘンリー・O・ウェストファルとわかった。その少年が、財布がなくなったのに気づいてセンターへ来るはずだ、って。それまでの事情も警部補から聞いた。身元確認にミスが出て、ウェストファル少年の両親に報せが行って……このへんのことは知ってるか？」

知っていますと答えた。

「そうか。警部補は、おれからそいつに事情説明してくれってさ。それから、家に帰って、ママとパパを待ってるように伝えろと。なんというかまあ、あんなまちがいで気をもんだあとじゃ、すぐ息子に会って安心したいだろうしな。

それで財布をあずかり、忘れ物センターの赤毛に頼んだんだよ。そいつが来たらこっちによこしてくれって。で、当人が来たんで、財布を返して言付けを伝えた。これで終了さ」

「財布がなくなったことについて、本人は何か言ってましたか？　なくしたんじゃなく、盗まれたんだとか」

「いいや。それがどうかしたのか？」

「いえ、べつに。財布の中身は見たんですか？　金がいくら入ってるか」

「いいや。警部補が十五ドルだと言ってたから、特に確かめなかったな。ただ、確認のため、なくす前にいくら入れてたか本人に尋ねろとさ。だから尋ねたら、十五ドルでまちがいないって」

「どうしてもっと早く、少年は財布をなくしたことに気づかなかったんでしょうね。盗まれたのはおそらく午前十時前で、気づいたのは午後一時半過ぎでしょう」

「おれもそのへんは不思議だったたから、本人に訊いてみたんだ。十時を回ってすぐに遊園地を出て、車で街に行ったんだが、ずっと小銭しか使わなかったそうだ。で、昼食代を払おうとして気がついた。すぐに遊園地へ引き返したが、忘れ物センターの窓口は閉まってた。それで時間をおいて、一時半にまた行かなきゃならなかったそうだ。まあ、これだけの話さ。すぐに家に帰るって言ってたから、あのまま帰ったんだろうな」

私は遊園地を出て電話ボックスに入り、電話帳でウェストファル家の所番地を調べた。土曜の朝には憶えていたのだが。ここから二マイルほど、さして遠くもない。オークヒル地区――貨車操車場の隣なのが玉に瑕《きず》ではあるものの、悪くはない住宅地だ。

電話はせずに、番号だけ控えておく。いつかかけることがあるかもしれない。いまはかなうことなら、向こうに見られも気づかれもせず、オービー・ウェストファルをひと目見てみたい。まだ話をする段階ではない。

車を走らせ、問題の家の前を通りすぎる。壁のペンキも真新しい上等の住宅だった。白い杭垣に囲まれた、手入れの行きとどいた大きな庭。家自体も大きく、ゆうに十部屋はある。ウェストファル夫妻とオービーしか住んでいないとしたら、ずいぶんとスペースが余っているはずだ。

次のブロックでUターンをして引き返し、通りの反対側、二軒ほど手前で停めた。ここならフロントガラス越しに様子がうかがえる。道路からの家々の引っこみ具合が同じくらいなので、車中から家の正面とこちら向きの面、それに庭の半分強が見わたせた。

しばらくそこにとどまっていたが、何も起きなかった。誰も出てこないし、誰も入っていかない。しかし誰かが、家のなかにいるのは確かだった。ウェストファル夫人か、あるいはメイドか家政婦だろうか。一度だけ二階の窓から床拭きモップが突き出て、振り動かされたのだ。しばらくして時計を見ると、午後四時になっていた。私をラフラム湖に連れ戻してくれるはずだったバスは、もうじき発車するはずだ。なのに私は乗っていない。このさき、戻る時が来るのかどうかもわからない。

五時半、土曜の午後にも乗っていた青のクライスラー・セダンで、アーミン・ウェストファルが帰宅した。家の前の道路わきに車を停め、なかに入る。

六時半に家の明かりが灯り、その三十分後にまた消えて、夫妻が連れだって家から出てきた。ふたりは車に乗りこんで、走り去った。

私はゆるゆると車を動かし、家の明かりがすべて消えていることを確かめた。四時間も無駄にしたわけだ。明らかにオービーは留守だった、最初から。

その場をあとにしたが、ウェストファルの車を追ったりはしなかった。もう飢え死に寸前だったので、近くのビジネス街に直行し、レストランへ駆けこんだ。注文をすませ、電話ボックスに入る。

疑念の対象に、一方向からだけアプローチするのはもうやめだ。そろそろ、もっと大きく考えてみよう。

《ジャーナル》の番号をダイアルし、ドン・テイリーを出してくれと頼む。私は同僚の誰よりもドンと親しく、はるかに信頼を置いていた。《ヘラルド》の社会部はいま閉まっているが、《ジャーナル》は朝刊紙だからこの時間でも勤務中だ。ドンは取材記者ではないし、まずまちがいなく社内にいるだろう。

果たしてドンは社内にいた。

「ドンか？ サム・エヴァンズだ。そっちはどうだ？」

「ぼちぼちだな。おい、おまえは休暇中で、市外に行ってるんじゃなかったか」

「そうさ、休暇中だ。だがちょっと用ができて、戻ってきたんだ。個人的な用だがな」

「おれも知ってる女か？」

「黙れよ。なあ、ドン。おまえんとこの資料室《モルグ》からちょっと資料を出してきて、その後はすっぱり忘れてくれないか。個人的なことなんで、《ヘラルド》じゃ気まずいんだよ」

「かまわんが、なんの資料だ？」

「欲しいのは四件――たぶん四件だったと思うが、サウスサイド高校でここ数年に起きた死亡事故についてだ。関係者の名前、発生日、そのほかなんでもかまわない。ひとつ目は、校舎の塔の窓から少年が落ちた件。ふたつ目は、少年が足をすべらせて、なんだったか忘れたが、何かに頭を強打した件。あと二件は、プールでの溺死だ。そのうちひとりは教師だった」

「おいおい、そんなものなんで欲しがるんだ？」

「確かめたいことがあるのさ。たぶん杞憂だろうが、何か掴むまでは話したくないんだ。資料を掘り出してきてくれたら、今度〈マーフィーズ〉で会ったときに一杯おごるぜ」

「わかった、何も訊かんよ。だがサム、どうやったらすぐに集められるか、ちょっと思いつかないな。資料室《モルグ》にそれぞれの記事はあるはずだが、事故の被害者名で分類されてて、ばらばらになってる。サウスサイド高校の資料からはたどれないしな。二件は憶えてる、おれ自身が電話でネタを仕入れて書いたから。でも一年くらい前の話だし、名前なんかは忘れちまった」

「憶えていそうな同僚は、そのへんにいるか？」

「いやあ、全部を憶えてるやつはいないだろうな。オフィスを訊いてまわれば、名前もほぼわかるだろうが」

「いや、それはやめといてくれ。ほかをあたるよ。邪魔したな」

「学校関係者に訊けば確実だろ。教師でもだれでも、ここ何年か勤めてる人間に。被害者の名前がわかったら、こっちで残りの資料を掘り出すぜ。あそこの人間に知り合いはいないのか？」

「そうだな」私は言った。「うっかりしてた」

そんなわけはなかった。ニーナに電話をかけることは、当然思いついていた。怖くなっていたのかもしれない。

カウンターに戻り、食事をすませる。ふたたび電話ボックスへ引き返し、ニーナの番号を調べてダイアルを回す。彼女は自宅にいた。

「もしもし、ニーナ。サムだけど。いま取りこみ中かい？」

「あ、いいえ、でも……サム、もうやめたほうがよくない？　さっきは久しぶりに会えて楽しかったわ。けど、あなたには奥さんがいるでしょ」

「うん」私は言った。「きみの言うとおりかもしれない。でも、訊きたいことがあるんだ。ここ数年に、サウスサイド高校で何回死亡事故が起きた？」

「三回……ううん、四回ね。どうして？」

「死んだ人の名前を、全部憶えてる？」

「ええと、先生はコンスタンス・ボナー、塔の窓から落ちたのがグリー……グリーノーだったかしら、ファーストネームは忘れたわ。ロッカールームで亡くなった黒人の子がウィリアム・リード。そして溺れた女の子が……あ、この子の名前は憶えてないわ。二年も前のことだし、当時一年生だったから。入学したばかりで記録もあまりなかったし、記憶に残ってないわね。大切なことなの？」

「ぼくにとってはね。どこへ問い合わせればわかるかな？」

「ええと、わたしが調べられると思うわ。日記を見れば。日記っていうか、日々の雑記帳というか。そんなのをつけるのは、ばかばかしいとは思うんだけど……ともかく、それをさかのぼってみれば、事故が起きたときに書いた部分が見つかるはず。でも、ちょっと時間がかかるけど」

「これからやる暇はあるかい？　またかけなおすよ、三十分後でも一時間後でも。見つけるまで、どれくらいかかる？」

「わからないわ。すぐ当たるかもしれないし、もしかしたら……あの、じゃあうちにちょっと寄らない？　あなたが本当に……つまり、その……」

私は電話口で、頬をゆるめた。「了解。飲み物もあったほうがいいね。何がいい？」

「なんでもいいわ」

「それじゃ困るな。なんでもおかまいなしかい？　だったらもう一回、マンハッタンはどう？」

「いいわ、それで。ベルモットはひと瓶あるし、マラスキーノチェリーもあるから、ウィスキーだけお願い」

「欠かせない材料だものな、それは。よし。それじゃあ、またあとで」

住所を訊くのを忘れたので、電話帳で調べなおさなければならなかった。サウスハウエル通り、番地はサウスサイド高校から数ブロック西のあたりだった。

なぜこんなことを知りたがるのか、ニーナは聞きたがるだろう。しかし本当のことは、まだ誰にも話したくない。向かう途中で言い訳をでっち上げた。

着いた場所は、しゃれてはいないが小ぎれいなマンションだった。エントランスでニーナの名前を見つけ、その横のボタンを押す。錠の外されたドアを開けた。

ノックに答えて、ニーナが部屋のドアを開けた。眼鏡をかけておらず、美人だった。きちんと、だがきっちりしすぎない程度にウェーブをかけたダークブラウンの髪。柔らかそうで、触ってみたくなる。卵形の顔に、十代の娘のような肌。薄いそばかすさえ、鼻の頭にちょっぴり浮いている。ふっくらした唇は微笑みの形にひらかれ、見事な歯並びがわずかに覗いている。キスにはうってつけのひらき加減。シルクのキルティングの部屋着がボディラインにぴったり沿っている。

私を室内へ入れ、ドアを閉める。「まだ調べてないの。電話が来たとき夕食を終えたばかりで、お皿も洗いたかったし、ちょっと片づけもしたかったから」

「急がなくていいよ。まずは飲み物を作ろう」買ってきた瓶を手渡す。「物の場所がわからないから、最初の一杯は作ってもらえるかい」

「わかった。でもトレイから氷を出すのは、手伝ってもらえるわよね。場所はわかると思うわ」

私もわかると思った。部屋の奥まったところがキチネットになっていて、そこに冷蔵庫があるのが見えていたから。ワンルームだがそれなりに広く、家具の趣味もいい。床全面を覆うベージュのカーペットは椅子やソファの張り地と合っているし、胡桃《くるみ》色の木の家具や、無地のタン色の壁紙とも調和している。茶系で統一された、落ちつけるいい部屋だ。

飲み物を作って、腰を下ろす。私はソファに、彼女はそろいの椅子に。六フィート、安心安全な距離だ。

「ニーナ」口をひらく。「本当に不思議だよ、なぜきみが結婚してないのか。長い話になると言ってたけど……でも、話したくないわけじゃないなら……」

「実は、そんなに長い話じゃないわ。出会った人のことを全部、細かく話せば別だけど。結婚する機会はあったのよ、何度かは。でも……この人なら死ぬまで一緒にいてもいい、って思える人がいなかったの。たぶんわたし、気難しいのね。だからこのまま、オールドミスで終わりそう」

「そんなことはないだろ。ともかく、なかったわけじゃないんだね。その……」どう言うべきか迷っていると、ニーナがあとを引きとってくれた。

「男女のつき合いが？　そりゃ、何人かとはね。尻軽じゃないけど、ずっと独身主義を貫いてきたわけでもないし。わたしも人間だから。でも、そういう関係になると、そこだけにはとどまれないもの、その……」

「ベッドでのどたばた遊びには？」

ニーナは噴き出した。「そう、ベッドでのどたばた遊びには。たぶんそこが、たいていの男の勘違いしてるとこなのよ。セックスはセックスだけで終わる、と思ってるんだから」

「たぶんそこが、たいていの女の勘違いしてるところだよ」私も言い返す。「セックスはぜったい、セックスだけで終わっちゃいけないと思ってるんだ。まあ、いつもそれっきりとは言わないけどさ。ベッドだっていいもんだよ」

彼女はまた笑った。「男女間の戦争に、むやみに足を踏み入れるのはよしましょ。カクテルのお代わりをお願い。材料も道具も流し台に置いてあるから、わかると思うわ。そのあいだ、わたしは日記で事故のことを調べるから。だけど……どうしてこんなことに興味を持ったの？」

「記事を書くつもりなんだ、日曜版に売りこむための。今週中、休暇の終わる前に仕上げたくてね。事故多発者って聞いたことはある？」

「事故を繰り返す人たちのこと？　ええ、もちろん。最近の説だとそういう人は、潜在意識で死にたいと思っているそうね。意識にはのぼらないけど、死の願望があるんだって」

「そうそう。その説はまちがいだって、記事で証明したいと思ってるんだ。事故多発の傾向は人間だけじゃなく、建物にも存在するんだ、ってね。冗談半分だけど、半分はまじめにさ。建物には潜在意識なんてないだろ？」

「建物に？　あなたの意識こそ大丈夫？」

「もちろん。潜在意識のほうは怪しいがね。けど事実だよ、平均の法則が許す以上の事故が起きる建物があるのは。しかも設計が悪いとか、建物自体が危険なわけじゃないんだ。ただ純粋に、事故に遭いやすい傾向があるんだよ」

「おかしいわ、そんなの」

「かもね。だから冗談めかして書こうと思うんだ、本心はともかく。データはたくさん集まったんだよ、事故件数が通常よりかなり多い建物の。そのリストに、サウスサイド高校も加えたいんだ」

「だけど……三年で四件よ。それほど多いとも思えないわ」

「そうかい？　死亡事故が四件だよ？　市内には同規模の高校が三つあって、そのすべてが創立から二十年以上経つけれど、二校ではこれまで死亡事故は一件も起きてない。残る一校でも一件のみ、しかも五年も前のフットボール場での事故だ――生徒がプレー中に首の骨を折ったんだ。いっぽう、サウスサイド高校は四校のうちいちばん新しくて、創立十五年ほどにもかかわらず、死亡事故が四件だ。しかもそのすべてが、ここ三年間で起きている」

「でもそれ以前はなかったんだから、証明には――」

「いいや、むしろ証明になるよ、三年前に事故多発の傾向が生じたんだって。人間だって生まれつきじゃなく、人生の途中でそうなるんだから」

「そう。すごく変わったアイディアだけど、だからこそ面白い記事になるかもね——日曜版向けなら。わかった、飲み物をお願い。日記を出してくるわ」

カクテルを作って戻ってくると、ニーナは会計台帳ほどもある帳面を三冊膝に載せ、一冊をひらいていた。小さくてきちょうめんな手書きの文字が目に入った。この字には憶えがある、高校のころに見ていた文字だ。どうやら一年につき一冊で、過去三年ぶんあるらしい。最後のページまで埋められているとしたら、一冊につき十万語は詰まっているにちがいない。

飲み物を手渡すと、ひらいていた帳面を閉じて受け取った。「さっそくふたつ見つけたわ、最初の二件。どちらも三年前に起きてる。塔の窓から落ちたほうが先ね」

「聞かせてくれるかい」

「生徒の名前は合ってたわ。ウィルバー・グリーノー。一年生だった」かすかに身震いする。「このときのことは、はっきり憶えてる。大きな事故を見たのははじめてだったから。死んだ人を見るのもはじめてだったわ——お葬式のときは別だけど」

「事故を目撃したってこと？」

「いいえ、でも音は聞いたし、直後にあの子も見たわ。正面の窓から、真下の玄関前の階段に落ちたの。デスクで仕事をしていたら——学校の事務室は、いまも一階の同じ場所にあるわ——外から、ドスッて音が聞こえて。それから女の子の悲鳴がした。わたしは窓に駆けよって、外を覗いたの。そしたら、男の子が階段の上に倒れてて。ひどかった……頭が割れて、血が……」

気分を悪くさせそうなので、話をさえぎる。「きみがかまわなければ、そのへんは飛ばしていいよ。警察の捜査は？」

「あったわ、もちろん。たいしたことはわからなかったけど。落ちたところを見た人がいなかったの……つまり、その生徒が落ちた瞬間を。事故が起きたのは第二グループの昼食時間が終わるころで、その子はもう食べおわってたの。塔に行って、下を覗こうとして窓から身を乗り出しすぎたのか、それとも外壁の出っぱりに乗ろうとしたか。三つ並んだ窓の下にあるのよ、幅六インチくらいのが。窓は三つとも開いてたから、そのひとつから出て、出っぱりをつたって別の窓に行こうとしたのかも。そういうことをしてる子たちがいるって、警察の調べでわかったの」

「その子のほかに、塔のなかに生徒は？」

「いなかったみたい。少なくとも調べでは見つからなかったわ、その時間にいた生徒は。それ以来、塔に入るドアには鍵がかけられて、使うときしか開けなくなったの。その機会も多くないわ。演劇部と吹奏楽部が練習に使うくらい。どっちかの部が使うときだけ鍵を開けるの。

　その事故が起きたのは九月下旬、新学期が始まってわりとすぐ。二件目は、黒人の男子生徒がロッカールームで転倒した事故ね。一月のことで、生徒の名前はウィリアム・リード。日記に細かいことは書いてないわ、書くことがなかったんでしょうね。どうして転んだのかはわかってない。警察によれば、事故が起きたとき、そこにはほかにだれもいなかったから。転んで、ベンチの尖った角に頭をぶつけて、その数時間後に発見されたの」

「数時間後？　なんでまたそんなに？」

「最終時限のことで、その子は着替えが最後か、最後近くだったらしいの。体育のあとにシャワーを浴びて――たぶん自宅にバスタブもシャワーもなかったんでしょうね、それで時間がかかったみたい。しかもロッカーはいちばん奥の列だったから、手前の列で着替えた子がいても、気づかずに出てっちゃったはず。用務員さんが掃除に入って発見したのよ」

「捜査はされた？」

「どの事故もされてるわ。だけど目撃者がいなかったから、そのときもたいしたことはわからなくて。警察はただ、ベンチを角の丸いものに交換しなさいって助言していっただけ。交換はしたはずよ、たしか」

「三件目の溺れた一年の女子生徒だけど、これは二年前だっけ？　見つけるのは大変そう？」

「いいえ。学校が始まってすぐ起きたって憶えてるから、そんなに手間もかからないはずよ。だいたいの日付がわかるから」

　コーヒーテーブルにグラスを置き、別の一冊をめくりはじめた。ややあって、「ほら、あったわ。そうだ、名前はベッシー・ジマーマンだった。短くしか書いてないわ、この子とは会ったことがなかったから。たしか事故は、午前中の水泳の時間に起きたのよ」

「ぼくたちが通ってたころは、水泳は男女別だったね。授業は二グループに分かれて。いまでもそう？」

「ええ。女子の授業中だった。プールには女子生徒がいっぱいいで、その子は足がつって沈んだようなんだけど、だれも見てなかったの」

　これは除外してもよさそうだ。しかし演技を続けるために、興味のあるふりをしなければならない。

「どのくらいのあいだ沈んでたんだ？　一、二分もしないうちに、だれかが見つけそうだけど」

「だと思うんだけど、蘇生しなかったの。ずいぶん長いこと、救命処置をしたそうだけど。蘇生するかどうかは、個人差がすごいみたいね。かなり長いあいだ水中に沈んでても息を吹き返す人がいたり、かと思えば、一、二分でもだめだったり」

「残るは溺れた教師だな。名前はボナーだっけ？」

「コンスタンス・ボナーね。ほんの四、五ヵ月前の事故よ、二月か三月くらいの。こっちのいちばん新しい日記に書いてるわ。こんなものをつけてるなんて、ばかだと思う？」

「いいや。だけど、ずいぶん手間なんじゃないか？」

「それほどでもないのよ。一回につき三十分くらい、一週間に何回かだから。毎日つけてるわけじゃなくて、書きたいと思うことがあったときだけ。よくないことだけじゃなく、いいことも書いてるのよ。五年前に始めたの」

「なんだ、じゃあぼくのことは載ってないのか。今日のランチのことを書き加えてくれれば別だけど」

ニーナの顔は、膝の上の帳面に向いていた。「まだ書いてないけど、きっと書くわ。コンスタンス・ボナーの箇所が見つからないわね」

「書いたのはたしか？」

「ええ、一ページ近くも」そう言って顔を上げる。「サム、これだけは事故じゃないかもしれないの。もしそうだったら、あなたの記事にはふさわしくないわね」

「つまり、殺されたかもしれないってこと？」

「いやだ、違うわよ。自殺の疑いが強いの。状況は……見つけるまで待ってて。話すのはそのあとで。どこかに書いてるはずだから」

さらにページを繰る。「あったわ。一月だった、思ったより前のことね。読みおえるまで待ってて」

「読み上げてくれないのかい？」

ふたたび顔を上げる。「それはちょっと。その……この日記にはすごく個人的なことも書いてるから、だれにも一行も読ませたことがないし、読んで聞かせたこともないの。この部分は大丈夫そうだけど、でも……そういう主義だから」

「そうか、了解。じゃあ待つよ。グラスの残りを空けてくれれば、お代わりを作るけど？」

「わかったわ。でも、もしかして酔わせようとしてる？」

「供述人は返答を拒みます」

カクテルを作っていると、帳面を閉じる音が聞こえた。視界の端に、三冊の日記を抱えて部屋の奥に向かう彼女が映った。隅にある机の、いちばん下の引出しに納めて鍵をかけ、それを部屋着のポケットにすべりこませ、こちらの流し台に来た。

「読み返してみると、やっぱり自殺に思えるわ。だけど証拠が何もないから――状況がそれらしいだけで――警察も事故として処理したの、本当はどう考えているかわからないけど。プールへの転落事故ってことにされたんだけど、泳ぎに行ったはずがないのよ、彼女はカナヅチだったんだから。しかも、服を着たままよ。転落するにしても、プールサイドに行く理由が見当たらないわ」

「それが起きたのは放課後？」

「ええ、夜のことね。演劇部のミーティングがあって、ボナー先生は部の顧問だったから、もちろん参加してたの。ミーティングが終わったあと、仕事がたまってるからまだ帰らない、教室で一、二時間答案の採点をしていくと生徒たちに言ったそうよ。ちょうど中間試験が終わったばかりだったの。生徒たちが帰ってから、受け持ちの教室に行って――」

「ミーティングのあいだは、ふつうにふるまっていた？」

「そのあたり、生徒たちの意見が一致しなかったの。ふつうだったと答える子もいたし、おかしかったという子もいて。ただみんな、先生はほとんど喋らなかったって。ともかく彼女は部員を玄関まで見送って帰してから、また扉の錠をかけたの。その後、教室の電灯がついたから、少なくともちょっとのあいだはそこにいたようなんだけど、答案の採点をした形跡はどこにもなかったの。

そうして午前三時ごろ、パトカーがいつもの巡回で通りかかって。校舎の半地下に明かりがついてるのを見つけて、調べてみることにしたのね。先生がときどき夜まで残業してるのはお巡りさんも知ってたけど、午前三時までなんていうのははじめてだって。緊急用に学校の鍵をあずかってたから、それで校内に入ったの。教室に明かりが灯っているのを見つけて、覗いてみたら女性用の帽子とコートが机に置いてあって。まだ校舎内にいると思って探しまわったそうよ。片端からドアを開けていって、プール室まで来て。開けてみたら明かりがついていて、プールのなかの遺体が見つかったの」

「プール室は外壁に面してなかったね。ということは、明かりは外から見えなかったわけだ。ボナー先生の教室は半地下にあったのかい？」

「ええ、プール室からそれほど離れてないところに。もちろん、事故の可能性もないことはないわ。何かの理由であそこに行って、誤って落ちたとしたら、泳げないんだから溺れて当然だし。でも自殺目的でなかったら、何しにあんなところへ行ったのかしら？」

「わからないいな。警察は自殺の動機を見つけたのかい？」

「いいえ、はっきりしたことは。でも、彼女の親御さんは――ご両親と実家に住んでたんだけど――ここ数週間、様子がおかしかったって。はしゃいでいたかと思えば、ひどくふさぎこんで。ほとんど――こんな言いかたはなさってなかったけど――躁鬱病みたいに。だけど警察が調べても、彼女がトラブルを抱えていた形跡は見つからなかった。ひとつでも動機らしいものが見つかっていれば、警察も自殺と判断してたと思うけど」

「ぼくも自殺に思えるよ。自殺の動機なんて、かならずしも表立って現われるわけじゃないからね。精神的に不安定だったって話が本当ならなおさらだ。しかもご両親が証言したという症状は、たしかに躁鬱病のそれに思える。きみはその先生とは、どのくらい親しかったんだい？」

「あいさつ程度よ。彼女は去年赴任してきたんだけど、接する機会はあまりなくて。わたしよりひとつふたつ年下で、二十四歳くらい。英語担当だったの」

これも忘れてよさそうだ。状況が合わないし、自殺でほぼ決まりだろう。これで四件のうち、二件だけが残された。ずっと頭に張りついている例のことを考えていると、この二件にもはまりこんでいく気がする。

よし、もう考えるのはやめだ、と決めた。ともかく今夜のところは。

## 4

マンハッタンのお代わりをこしらえる。飲んだぶんが身にしみてきていたが、むしろ酔いが回ってほしい気分だった。

しばらくのあいだ、ぽつりぽつりと会話を交わした。それから帽子をかぶり、ドアの前まで行った。ニーナが片手をノブに伸ばし、開けてくれようとした。その肩にそっと腕を回し、キスをした。両腕で抱きしめると、彼女も両腕を回してきた。彼女の手が私の頭を引き寄せ、私の唇は彼女の唇を、痛いほど激しくむさぼった。

ややあって、私はささやいた。「帰りたくないよ、ニーナ」

「わたしも帰したくないわ。いけないことだって、わかってるのに――」

その唇をふさいだ。いけないこととは、これっぽっちも思わなかった。いまははっきりとわかる――最初から知っていたのだ。ニーナがチョユナツキ家のアパートのドアを開けたときから、このときが来ることはわかっていた。
甘美な始まりだった。やはり、いけないこととは思えなかった。

# 火曜日

## 1

目覚めると、ベッドにひとりきりだった。置き時計が見当たらない。そういえば以前、ニーナは目覚まし時計がいらないタイプの人間だと話していた。起きようと決めた時間に、いつでもちゃんと起きられるのだ。腕時計を見ると、八時二十分だった。

ベッドの端に腰かけ、そばの椅子にかけた服に手を伸ばす。私あてのメモ書きが、見落とし防止に服の上に載せてあった。

サムへ

ぐっすり眠ってるから、起こさないで行きます。よければ朝食をとっていって。ポットにコーヒーが入ってるから、温めるだけで大丈夫。冷蔵庫にベーコン・エッグもあります——でも、静かにお願いね。出ていくときも静かに。授業時間中に電話をくれるなら、番号はＧｒａｎｄ

─6400です。

ニーナ

服を着ると、朝食はとらずに静かに部屋を出た。ニーナの隣近所のことは何も知らないが、部屋の主《あるじ》が出かけたあとだと知られているかもしれないし、物音は聞かれたくない。レストランで食事をすませ、家に帰った。シャワーを浴び、ひげを剃って清潔な服に着替える。それからGrand─6400に電話をかけた。ニーナの声が応じた。

「ニーナ？　サムだけど」私は言った。「いま大丈夫かい？」

「あいにく、ただいま席を外しております。折り返しおかけいたしましょうか？」

「自宅にね。West─3208。メモしなくても、電話帳に載ってるよ。でも、なるべく早く頼むよ──このまま待ってるけど、じっとおあずけの状態だから」

「はい、戻りしだいおかけするように伝えます。それほどお待たせはしないと思いますので」

十分ほど待った。

「サム。さっき喋ってもよかったんだけど、事務室に人がいたから。いちいち気を遣って喋るのもなんだし。電話ボックスに来るまで、かけないほうがいいと思って」

「信用ないなあ、説明しなくてもわかってるさ。今朝は寝かせておいてくれてありがとう。睡眠が必要だったんだ。おかげで元気が出たよ」

「ゆうべと同じくらい？」

「ううん……いまのところ、そこまでじゃないかな。でも時間をもらえれば……たぶん今夜までにはね。何か予定はある？　今晩」

「ないわ、いまのところ」

「いい子だ」

「まさか。わたしがいい子だったら、興ざめでしょ」

「まあね。でも、ちょっと今夜は遅くなるかもしれない。先に会わなきゃならない人がいるんだ。といっても、女性じゃないよ」

「了解よ」

「帰宅は何時ごろ？」

「五時前には帰ると思うわ。今日は一時半で早退するの、チョユナツキさんのお葬式があるから。その後は時間があったら、担当の家庭をひとつふたつ訪ねるつもり。だけど、かなり早く帰れるわ」

「うっかりしてた、葬儀か。ぼくがちょっと出ても大丈夫だと思う？」

「ええと……どうして出たいのか知らないけど、かまわないんじゃないかしら」

「じゃあ、あっちで。またあとで」

## 2

本署のスタイナー署長はオフィスにいたが、お目通りのためには三十分近く待たなければならなかった。途中で買った五十セントの葉巻を献上すると、署長はセロファンをはがし、香りを確かめようと鼻に近づけた。その品定めが終わらないうちに先手を打つ。

「お願いがあるんですが」

「《ヘラルド》になら、いつでも喜んで手を貸すよ、サム」もちろんそうすべきだろう。スタイナーがこの地位に就けたのは、《ヘラルド》およびアッカーマン社主の存在があったればこそだ。言わずにすませようかとも思ったが、この男にはいつ休暇中だとばれてもおかしくない。

「社のことではなく、個人的な件でして。今日は非番なんです。事故について、日曜版の記事を書きたいと思いまして……人の死にかたには、変わったのがいろいろとあるものですね。差し支えなければ、事故資料を拝見したいのですが」

「かまわんだろ。この階には交通事故以外の資料しかないがね。そっちが見たいのなら――」

「いえ、かまいません。交通事故というのは、どれも似たり寄ったりですからね。ふつうじゃない事故、おかしな点のある事故を探してるんです。たとえば、最近読んだケースでは……起きた場所は忘れましたが、このあたりではありません。ペンキ屋が軒に吊るした足場から三階下まで転落したんですが、傷ひとつ負わなかったんです。ただ、ちょっとのあいだ呼吸が止まって。息を吹き返して立ち上がったところ、足場に置いてあった未開封のペンキ缶が、転落の拍子に足を引っかけたんでしょうね、落っこちてきたんです。頭にぶつかって、あえなくおだぶつですよ」

スタイナーはにやりとした。「あいにく、そんな記事を見た記憶はないがね。ここでも妙な事故は何度かあったはずだ。いくつか思い出せる気もするが、どうせ資料にあたるのなら、そっちで勝手に見つけてくれ」

「市内の事故発生率は、ほかの地域と比べてどうなんですか?」

「ふん、変わらんよ。事故の種類やら他市との比較やらの統計表が見たければ、市長室のケアリーを訪ねたまえ。一年くらい前、ほかの市と比べてみたくなった市長の指示で統計と分析をやってるから。市長の興味対象はおもに交通事故だったが、ほかの事故もすべて押さえてあるはずだ」

それが役に立つとは思えないが、とりあえず礼を述べた。署長は秘書をブザーで呼び、交通事故以外の事故資料を収めたキャビネットに案内するよう指示して、私をオフィスから解放した。

四つの引出しのついたキャビネットがうんざりするほど並んでおり、そのうちの五つに、交通事故ではない事故のホルダーがぎっしりと詰まっていた。しかし、過去二十年分のホルダーが納めてあると秘書（角縁眼鏡の、背が高く若い男）から聞いて、少し気が楽になった。それならすべて見なくてもすむわけだ。

「一年につき、引出しひとつです」秘書は説明した。「事故資料は――もちろん死亡事故にかぎりますが――発生順に入れてあります。ただし、各引出しの手前には年末に作成したリストが入っていて、被害者の氏名と発生日をアルファベット順に記載していますので、特定の事故を調べるなら、すべてに目を通す必要はないです。被害者氏名と、事故発生年がわかっていればの話ですが」

助かります、と私は答えた。上着を脱いで椅子の背にかけ、作業にかかる。秘書が張りついて監視するのなら、発生順にさかのぼっていく演技をしなければならないが、そうはならなかったので調査を始めた。サウスサイド高校の事故四件の発生年も、被害者の名前もわかっている。住所や事故発生の正確な日時、それにどうでもいい瑣末《さまつ》な情報のほかは、ニーナからすでに聞いていたことばかりだった。捜している名前はどこにも見つからない。目撃者の名のなかにさえも。

四つのホルダーを見おわるころには、正午を過ぎていた。昼食をとってからチョユナツキの葬儀に行くとしたら、ほかの資料を見る暇はない。帰りぎわに長身の秘書へ声をかけ、まだ終わっていないので日を改めて出なおすと告げた。

3

〈ヘイリーズ〉のなかは涼しくて快適だった。冷房が熱を追い出し、葬儀室のステンドグラスが陽の光をやわらかに染めている。

なるべく目立たないよう、うしろの隅に腰かけた。棺《ひつぎ》はジェットコースターの残したジミー・

チョユナツキのなれの果てを納めて、花に埋もれた正面の台上に安置されていた。

二十名ほどの参列者がいて、そのうち知り合いはニーナだけだった。しかし、ニーナの隣に腰を下ろし、彼女が何やら小声で話しかけている喪服の女が、アンナ・チョユナツキだろうと見当はついた。

静かなオルガンの調べが流れている。屋外のかなたから、頭上を通る飛行機の音が徐々に大きく近づいていた。その音で、先週土曜の朝に《ヘラルド》の編集室を飛びまわっていたウマバエの羽音を連想した私は、ハリー・ローランドの台詞を思い出した――やれやれ、祈りでもささげてるのかと思った。

いつしかオルガンはやみ、牧師が祈りをささげていた。ひょろりとした馬面の牧師だったが、声は悪くなかった。彼の名と教会の名は、封筒の裏に書いてポケットに収めてある。ここに来たとき、葬儀の取材だと思ったへイリーが教えてくれたのだ。へイリーをがっかりさせないように、私はそれらを書きとめた。

「イエス言い給う。われは復活《よみがえり》なり、生命《いのち》なり、われを信ずる者は……」

視界の片隅に、戸口に立つ男の姿が入った。半白の頭、大柄な身体。葬儀費を出したアーミン・ウェストファルだ。この男が現われるかどうか気になっていた――それもあって、私はここに来たのだ。そしてウェストファルは現われた。少々遅刻ぎみだが。

祈りが終わるとウェストファルは静かに入ってきて、戸口にいちばん近い席に座った。

オルガンがふたたび鳴りだし、肥えたイタリア系らしき女が聖母のような表情をうかべ、歌いだした。美しい声だった。オルガン奏者のほうもよかった。メロディにほとんど音の模様を織りこまない演奏。ハープシコードの曲が、音の伸びの不足を埋めていくように作られているのとは対照的だ。

「われら生《いのち》のなかばにも死に臨む……」

アンナ・チョユナツキの肩を見ると、声を殺して泣いているのがわかった。

牧師の説教は耳に入らなかった。考えごとにふけっていたのだ。オービー・ウェストファルの父親が、ジミー・チョユナツキの葬儀に姿を現わした。これまた、それ自体では意味をなさない——ほかのすべてのことと同じく。死んだと思っていた息子が無事だった。それで安心して寛大な気持ちになり、ふいの思いつきで葬式代も出せない貧しい母親のために、本当に死んでしまった少年の葬儀費用を払ってやった——おかしいところは何もない。しかも金を出したのなら、参列していけないわけもない。

しかし私は土曜の午後、この葬儀場を出てきたアーミン・ウェストファルの顔を見ている。そして、葬式代をあの男が肩代わりするのは、果たしてこれがはじめてなのかと考えはじめている。

葬儀が終わると、ウェストファルは静かに出ていった。遠くへ去るだけの間を空けてから、私もその場をあとにした。後日、何か口実を設けて話を聞くことがあるかもしれない。葬儀に来ていたことは知られたくない。

私はますます、オービー・ウェストファルをこの目で見たくなっていた——写真ではなく、実物そのものを。

車をウェストファル家に向ける。同じ場所を避け、今回は通りすぎてから停めた。ルームミラーの向きを変え、家の正面全体が映るようにする。

運転席に身を沈め、観察していた。何も起きなかった。午後五時ごろ、青のクライスラーでウェストファルが帰宅しただけだ。今日は家の前には停めず、ガレージに車を入れた。六時半に家の明かりが灯り、七時になるころには、また無駄足を踏んだかと疑念がわいてきた。

確かめる方法はひとつだ。私は近くのドラッグストアから、ウェストファル家に電話を入れた。女の声が応じたので尋ねる。「オービーはいますか？」

「いいえ、日曜からスプリングフィールドのお友達のところに行っております。明日の午後二時に戻りますけれど。息子に伝えますので、お名前をお伺いできますか？」

「いえ、それには及びません。たいした用ではないですし、息子さんはぼくの名前も知らないはずですから。戻ったころにまた電話します」

電話を切り、ひとり舌打ちする。昨日に続き、今日も時間を浪費してしまった。

ニーナの番号にかける。「サムだけど、いま用事が終わったんだ。もう夕食はすませた？」

「ちょうど食べようとしてたのよ。限界まで待ってたけど、もう夕食前に電話は来ないってあきらめたところ」

「そうか。じゃあ、あとちょっとだけ待ってないか？　そのほうが食事もうまいだろ。タクシーで来て、どこかで落ち合わないか？」

「ここで食べましょ、サム。いま、お風呂上がりで部屋着なの。着替えて出かけるのはめんどうだわ。チャプスイの缶詰があるから、開けてあげてもいいわよ。どうかしら?」

「つまんないね」私は言った。「いまは肉食動物の気分なんだ。分厚いステーキ肉を二枚調達していったら、焼いてくれる?」

「そうね。いい考えだわ。わたしも肉食動物の気分になってきたかも。急いでね、サム」

# 水曜日

## 1

先に目覚めたのは私だった。背中に寄り添うニーナから離れると、振り向いて片肘をつき、上体を起こしてしげしげと彼女を見た。眠っていても美しい。赤ん坊が眠っているかのような、無垢で愛らしい顔。少し乱れたほうがずっと魅力的な髪。片手を顎の下に置いて、その腕を乳房の谷間に載せている。片方は隠れているが、もう片方はかえって強調されている。私は身をかがめ、それにそっと口づけをした。

身を起こすと、彼女の目は開いていて、私を見つめていた。

「愛してる？　サム」

「わからない」正直に答えた。「迷ってるんだ。欲しいのはたしかだけど」ふたたび身体を横たえ、彼女をきつく抱きしめる。

「本気になるべきじゃないわ」彼女が言う。「なっちゃいけない」

「どうして？」

「わたし、悪い女だもの」

「どんなふうに？」

ニーナが私の耳を甘く噛んだので、言ってやった。「それじゃ、たいして悪くもないな」

「じゃあ、どんなことをされたいの？　こんなこと？」

## 2

今日も帰宅すると、シャワーを浴びて着替えをした。午前十時、もうかまわないだろうとラドニク通りに車を走らせ、ジミー・チョユナツキの母親が住んでいるアパートの前に停めた。車に一、二分とどまり、どのように話を進めるか考える。もちろんニーナの友人だと自己紹介して、あとは勝手に喋ってもらう手もある。だが、そうはしたくない。母親は私の来訪の件をニーナに話すだろうし、そうなればニーナに事情説明をしなければならなくなる。すべてを隠したままで言い訳するのは骨が折れそうだ。私は、誰にも打ち明けたくなかった——証拠が見つからないうちは。

なにかしら、嘘をでっち上げなければならなかった。母親があとで、ふとした拍子にニーナに話すおそれがあるから、本名も伏せておくことにした。

階段をのぼり、ドアをノックする。今回、ドアを開けたのはニーナではなかった。ジミーの母親は葬式で目にしていたが、間近で見るのははじめてだ。高い背に痩せこけた身体。ぎょろりと大きな、悲しみに満ちた目。

私は口を切った。「ハーバート・ジョンソンと申します、チョユナツキさん。弁護士をしております」ぽかんとした顔。「べ、ん、ご、し、です。息子さんのお葬式代を払った方の代理で来ました。その方が、ぜひ知りたいと――」

「入ってください」

なかに入る。部屋も家具も古ぼけてはいるものの、清潔に保たれていた。

「座ってください、ジョンソンさん。コーヒーは、たぶん好きですか?」

遠慮しようかと思ったが、コーヒーを飲んでいれば、望みの話題になにげなく持っていくまでの時間が稼げそうだ。はい、好きです、と答える。ジミーの母親はキッチンに行き、数分で戻ってきた。

「いま作ってます。あなたは、遊園地で乗り物をやってる人のところから?」

「申し訳ありません。依頼人は匿名で――だれにも、自分がだれであるかを知られたくないんです。わたしたちが知りたいのは、〈ヘイリーズ〉でのお葬式が、あなたの満足するものだったかどうかです。お金を払う前に、問題がなかったのか確かめたいんです」

「はい、とてもすばらしい葬式でした。わたし、あそこであなたを見ました」

ひとつうなずく。「雇い主が行けなかったので、代わりにわたしが行ったんです」

「ありがとう。どうもありがとう」

「雇い主からあなたへの伝言です。お葬式代を払うだけでは足りないだろうが、少しでもお役に立てればうれしい、と」

「わたしの代わりに、ありがとうと言ってください。とても親切でした」

「ジミーのことは、本当にお気の毒でした。なんと言っていいか。ぼくも息子さんのことはたくさん聞いていています。いい子だったんでしょうね」

「いい子でした、はい。ときどき悪いでしたが……いい子で死にました。神さまにそのことを感謝します」

「サウスサイド高校に通っていたんですね？」

「はい、一年は。それから……」

傷口をえぐってはまずい。急いで語を継ぐ。「そこに通ってる子を知ってるんです。ジミーと同じクラスにいたはずで、名前はオービー・ウェストファル。正しくはヘンリー・O・ウェストファルですが。知ってますか？」

「息子は名前を言わないでした。だから知りません。わたしは全部の友達を知らないので、あなたの言う子を、息子は知っているかもしれないでした」

「ジミーのいちばんの友達は、だれでしたか？」

「ピート・ブレナーです。いつもピート・ブレナーと一緒。ときどきほかの友達でしたが、だいたいピートでした」

「サウスサイド高校に通っている子ですか？」

「いいえ。二年生が終わると辞めました、働くために。ブロックの向こうの果物屋で。待ってください、コーヒーができました」

　私は待ちながら、空いた時間を活用し、ジミー・チョユナツキの写真がないかと部屋を見まわした。一枚も見当たらなかった。そこでふたりぶんのコーヒーを運んできた母親に、息子の話題を持ちかけてみた。彼女はすぐに喋りだした。息子の話がしたかったようだ。しかし、すでにニーナから聞いたことのほかは、どう考えても無関係な話ばかりだった。それでも私は、どんどん話に引きこまれていくふりをした。それから折をみて、息子さんの写真があったら見せてもらえないか、と訊いた。きっと自然な質問に聞こえただろう。

「はい、いい写真です。去年人が来て、写真のクーポンを売りました、たった一ドルで。でもあとで、さらに六ドルかかりました。見たいですか？　ジョンソンさん」

　見たかった。寝室へ行った彼女は、ボール紙のホルダーに収めた４×６のポートレートを持ってきて、こちらに差し出した。

　ジミー・チョユナツキはきれいな面立《おもだ》ちの少年だった。いささか気弱そうに見えるものの、ひねくれた感じはない。ポーランド系の若者にしばしば見られる、深くくぼんだ夢見るような目。その奥に、ジプシーのような放埒《ほうらつ》さをしのばせている。この写真を見るかぎり、作家の卵とスリの両面を備えていてもさほど不思議ではない気がした。夢想家にして泥棒。フランソワ・ヴィヨン（十五世紀フランスの詩人。殺人、窃盗などを犯し、パリ追放ののち消息不明）はこれらの面をふたつながら持ち、そこから優れた作品を生み出した。あるいはジミー・チョユナツキも、同様のことをなし得たかもしれない――チャンスが与えられていたなら。

私は写真を褒めたたえ、雇い主もこれを見たがるだろう、ジミーの顔を見たことがなくて興味を持っているから、と続けた。写真屋に持っていって焼き増ししたいので、そのあいだ借りられませんか？　あるいはネガがあれば、そちらを貸してもらえませんか？

うまい具合に、母親は焼き増しを余分に持っており、そのうちの一枚を私にくれた。ジミーの葬式代を払ってくれた人にあげられてうれしい、と彼女は言った。察するにクーポンで撮れる一枚だけでなく、焼き増しを半ダース押し売りされたのだろう。一枚もらってもまだ二枚残っていたから、遠慮なく受け取ることができた。ポケットにしまい、礼を述べる。

ホワイトウォーター・ビーチのほうにうまく話を持っていけたので、もうひとつ新たな収穫が得られた。どのくらいの頻度でジミーがそこに出かけていたかもわかった。たびたび、土曜にはそれこそほぼ毎週足を運んでいたそうだ。そして先週の土曜は、どうやらひとりで行ったらしい。

車を街へ走らせる。これでチョユナツキ少年の写真は入手できた。今度はオービーの写真だ。《ヘラルド》の資料室《モルグ》に、うってつけのがある。

資料室《モルグ》は二階で、編集室は三階だった。裏の階段を使えば、ハッケンシュミット以外の知り合いに出くわす心配はまずない。ハッケンシュミットは資料室《モルグ》の管理人で、今週私が休暇中だとは知らないはずだ。予想どおり何も訊かれず、写真はすんなりと手に入った。ラフラム湖で釣りに興じているはずの人間がこんなところで何をしているのか、釈明を迫ってくる相手に出会うこともなかった。

ふたたび南へ取って返し、ホワイトウォーター・ビーチの駐車場に停める。すでに正午近い。平日とはいえ、たいがいの売店はもう開いているだろう。

広小路をゆっくり歩く。小さな店々はどれもほぼ開いていた。土曜は午前十時には開けていただろう。まだどこも、さして忙しそうではなかった。客のいる店はいったん飛ばし、ほかの店で質問してから、また戻って訊きなおした。店員のひとりひとりに、二枚の写真を見せる——一枚はジミーの、一枚はオービーの。このふたりが一緒にいるのを、あるいはどちらかひとりでも、目にした記憶はあるかと尋ねる。ある、という答えが返ってきたら、いつのことなのかを確認する。

しかし、ふたり一緒のほうについては、あるという答えは一度も得られなかった。ジミーを見かけた憶えのある者はおおぜいいた。特別な催しなどがなくても、よく見かけたという。それはそうだろう、しょっちゅう園内を冷やかしていたのだから。レモネードスタンドの娘は、何度も買ってもらったと言った。けれども、最後がいつだったかは憶えていなかった——ここ一、二週間は見た憶えがない、との話だったが。オービーの顔は、まったく記憶にないとのことだった。オービーについては、何人かがうっすらと憶えているだけだった。ただひとり、リングゲームの店主がはっきり顔を見知っていたが、よくよく聞いてみると、園内で見かけたわけではなかった。店主はフットボールファンで、高校フットボールも熱心に観ており、オービーの試合も観戦したことがあるのだそうだ。数年前に高校を出たばかりで、自分でもやっていたのだという。もっとフットボール話に花を咲かせたいようだったが、私はごめんだった。広小路に戻って歩を進める。

店の横の狭い脇道は、ブルー・ストリークの最初の谷底の前まで通じていた。脇道を挟んで隣のランチスタンドは混雑しているので、ひとまず飛ばさなければならない。

最後まで行ってから引き返す。一度目に訊きそこねた何人かをつかまえながら歩いていくと、麦わらの水夫帽をかぶった筋骨隆々のわが友人が、ブルー・ストリーク乗り場にいるのが目に入った。私は立ち寄ることに決めた。まだ営業はしておらず、チケット売り場で書類仕事をしている。ガラスをノックすると、窓口を開けてくれた。

「こんにちは」私は言った。「このふたりに見憶えはないですか？」

台の上に並べた写真を見て、かぶりを振る。

「ひとりはまちがいなく、見たことがあるはずですよ」そう続けた。

一瞬、戸惑いの表情がうかぶ。「……つまり、これが例の……」

「現場に最初に駆けつけたんですよね？　顔は見なかったんですか？」

「よせよ、見るもんか。見つけたとき、レールにうつ伏せだったんだぜ。わざわざひっくり返して顔なんか見るかよ」ふたたび写真に目を落とす。「だが、このどっちかがそうなら、黒髪のほうだろ、金髪のほうじゃなく。なあ、まだ事故のことを蒸し返すつもりか？　おまえさんは、ジェットコースターの記事を書くんじゃなかったのか？」

「書きますよ。だけど事故の件で、まだ調べてることがあるんです。たいしたことじゃなさそうですがね」

「正直に言えよ。あんたは記者か？　警官か？」

「記者ですよ」にやりと笑いかける。「つまり、どっちでもあり得るということですよ。もしもぼくが警官なら、記者だと名乗るはずでしょう。だけど記者なら、警官だと名乗るわけがない。そんなことをしたら牢屋行きですからね」

意味を判じようとしているわが友人を置いて、私は広小路をふたたび歩きだした。さきほどのランチスタンドにはまだ客がいたが、ふいに空腹に気づいたので、足を止めてハンバーガーをひとつ頼んだ。数分後、注文の品を持ってきた白髪交じりの男に、カウンターに並べた二枚の写真を示す。「このふたりに見憶えはないか?」

男は写真を覗きこんだ。「ううん……黒髪のほうはよく見るな。金髪も見かけるが、そんなにしょっちゅうじゃない」

「ふたり一緒にいるのを見たことは?」

「ないな、たぶん」

「金髪のほうを最後に見たのは、いつのことか思い出せるか?」

「無理だよ。一日に何千人と見てるんだぜ。どうやって思い出せば――あ、ちょっと待った」

グリルからハンバーグを二枚救出し、バンズに挟んで客に供する。それからまた戻ってきた。

「なあ」男は言った。「もしかしたら、思い出せるかもしれないけどな。でもごめんだ。そのガキを厄介ごとに巻きこんじまうかもしれない。あんた、警官か?」

私は答えた。「弁護士だ。あんたが思い出してくれれば、この少年を厄介ごとから解放してやれるかもしれんぞ。もうすでに巻きこまれてるんだよ、それでアリバイがいるんだ――とある時間の。本人はその時間、ここの遊園地にいたと言ってる。だからそれを証明できる人間を探してるんだ」

「いつのことだ？」

「先にそれを教えたら、証言の価値がなくなるだろ」

「土曜の午前早くじゃないのか？」

「どのくらい早くだ？　十時前か？」

「知るかよ。おれは九時過ぎか、それよりちょっと遅くにここに来たが、店の準備でしばらく忙しかったからな。そいつはあの日の最初の客だった。まあ、十時前だったかもしれんな」

「先週土曜のことだと、どうしてはっきり思い出せる？」

「ブルー・ストリークでガキが死んだ日だからさ。ちくしょうめ、聞いちまったんだ——木の裂ける音、コースターがレールから外れる音——人を轢く音を」

「それは、金髪の少年がここに来る前のことか？　後のことか？」

「後のことさ。といっても、ほんの数分後だ」

「なのに、そのときはもういなくなってたんだろ？」

「ああ、それはまちがいない。客がいないのと、店に近づいてくるやつが見当たらないのを確かめてから、レジの札を引っつかんで——小銭はなるようになれだ——事故現場を見に走ったんだから」

「そっちで少年を見かけたか？」

「いや、憶えがないな。着いたときには六、七人集まってたが、見かけた記憶はない」
「ここの店に来たとき、ひとりだったのはたしかか？」
「ああ。あいつはコーラを一本だけ買って、ここで飲んでいった。空き瓶はカウンターに置いてあった」
「立ち去るのを見たか？　どっちに歩いていった？」
「見てないよ。その日の準備に戻ったからな。客がコーラを飲んで、立ち去るのをぼさっと眺めたりはしてないさ。事故の音を聞いたとき、あいつはもういなかった。それ以上のことはわからんよ」

これ以上のことは聞けそうになかった。私はアリバイの証人を探している演技を全うすべく、男の名前と自宅の住所を書きとめた。ハンバーガーはとっくに食べおわっていたので、店を離れた。残りのふたつの店をあたってから駐車場に行き、車に乗りこんだ。

本気で期待はしていなかったが、たしかに収穫はあった。ささやかとはいえ、収穫にはちがいない。オービーは事故が起きる直前、現場のすぐそばにいた。あとは事故の直前に、ジミーと一緒にいたのを見た者を探し出せれば……

事故？　これが事故だと？

しかし、殺人であるわけもない。殺人には動機がつきものだ。オービーにはジミー・チョユナツキを殺す動機がない。自分の財布がジミーのポケットに収まっていることを知っていたはずはないのだから。

だが果たして、虎に動機が必要だろうか？　いや、たいていの場合は虎にも動機がある——空腹だ。それでも例外はいる。たちの悪い虎は、純粋に残忍な歓《よろこ》びだけのために殺しをやってのけるだろう。

## 3

私は虎と接触することにした。

言葉を交わすためではない、いまのところは。ただどうしても、一度この目で見てみたかったのだ。二時に駅にいれば、ほぼまちがいなく見られるだろう。ウェストファル夫人の話では、オービーは『午後二時に』スプリングフィールドから戻るとのことだった。二時着の列車も一本ある。仮に車で戻ってくるのなら『午後早く』といった言いかたになり、そこまで時間を特定することはあるまい。自家用車は時刻表に従わないものだ。

時刻は十二時半。ハンバーガーで腹がふくれているから、まだ昼食はとりたくない。といって、駅に向かうには早すぎる。

これだけ近くにいるなら、ピート・ブレナーを訪ねることができるかもしれない。チョユナッキの母親によれば、ジミーのいちばんの友達だったそうだ。『ブロックの向こうの果物屋で』働いていると話していた。ラドニク通り二九〇〇番台ブロック周辺に、果物屋が二軒も三軒もあるわけはない。ともあれ時間つぶしにはなるだろう。

ラドニク通りに入り、スピードを落として走る。チョユナツキのアパートから一ブロック半離れたところ、パデューカ通りのそばに果物屋があった。停められる場所を見つけ、店内に入る。

店はそこそこ賑わっていた。店員よりも客の数が多いため、声をかけてくる店員はいない。見たところ、ピート・ブレナーらしき少年の店員はいなかった。奥の戸口に近寄り、なかを覗きこむ。十七歳くらいの少年が大きな台に向かい、ニンジンを束ねていた。髪の色も、手にしたニンジンそっくりだ。私は作業場に入り、少年に近づいた。

「ピート・ブレナーかい?」問いかける。

少年は振り向き、ちらりと私を見た。するとその目が鋭くなり、まっすぐ不信の念をぶつけてきた。私を頭からつま先まで品定めしてから、「ああ」とひとつうなずく。

これは一筋縄ではいかない。ここ数日、口から出まかせにばらまいてきた作り話など、とても呑みこんでくれそうにない。いまの問いかけ以上の質問には、相応の理由がなければ答えてくれまい。

こちらから提供できる理由は、ひとつきりだ――真実をのぞけば。真実を打ち明ける気はさらさらない。私は財布から、その理由を引っぱり出した。「いくつか質問に答えて、五ドル稼がないか?」

「何者だ? あんた」

にやりと笑みで返す。「答えてやってもいいが、こっちが五ドルもらわなきゃな」

「質問ってなんだよ」

「ジミー・チョユナツキの件だ。死んでしまった人間のことだから、答えても本人は傷つかんよ」

ピートは私の肩越しに目をやった。うしろの壁に時計がかかっているのだろう。「四分後に昼食に出る。外で待ってろ。仕事中にだべってると、嫌がられる」

「わかった」私は答えると、ふたたび果物屋の店内を通りぬけて外へ出た。

数分でピートは出てきた。「三十分しかない。食いながらでいいか?」

「このへんですますんなら」

「通り向かいだ。あのハンバーガー屋」

いまならもうひとつくらいハンバーガーも腹に入りそうだ。さっき遊園地で食べたのと合わせれば、夕食の時間までもつだろう。「よし」そう答えた。

店の奥、カウンターの隅に陣取る。注文を受けた店員がグリルの前に行くとすぐに、私は五ドル札を出してふたりのあいだに置いた。ピート・ブレナーはそれに一瞥をくれたが、指先ひとつ動かさなかった。

その代わりに口をひらく。「おい、五ドルでおれは買えねえぞ。まず教えろ。あんたは何者で、なんの目的があるのか。それに納得したら、質問に答えてやる。ふざけた質問じゃなけりゃ」

これは、証拠のない話をしても無駄だ。強情な赤毛の少年——本人にもその自覚がある。

記者証をカウンターに置く。「新聞記者だ。名前も社名もそこに書いてある。ジミーの事故の件で、新たな切り口を見つけてね。何をばかな、と思われそうな話だが、裏が取れればでかい記事になる。ジミーを傷つける内容じゃない。記事を書くとしても、直接のコメントは載っけない。きみが望むのなら別だが。だからきみも傷つけない」

「どんな切り口だ?」

「そいつは言えないな。そこまでばかじゃない。違う新聞に持ちこまれて売られちゃかなわん」

「質問を言ってみろ」

「きみは、ジミー・チョユナツキのいちばんの友達だったのか?」

「そうだったと思ってる、おれは」

「最後に会ったのはいつだ?」

「あいつが死ぬ前の晩、真夜中くらいまで。ふたりでしばらくぶらついてから、ビリヤードをやって。それから別れて、あいつは家に帰ってった」

「翌日土曜の予定について、何か言ってたか?」

「ああ、遊園地に行くって。ホワイトウォーターに」

「ひとりで?」

「たぶんな。おれも一緒に行くこともあったが、果物屋の仕事があるんで土曜は抜けられねえんだ。土曜がいちばん忙しいからな」

「遊園地でだれかと待ち合わせは?」

「してなかった、たぶん。してたとしても、おれは聞いてねえ」

店員がハンバーガーを持ってきた。「どっちがフライドポテトつきだね?」

「こっちがポテトなしだ」私が答えた。

カウンターの五ドルに、店員は手を伸ばした。「ふたりぶん、ここからでいいか?」

「ああ」

釣り銭を持ってきて、店員は引っこんだ。それをポケットに入れ、改めて五ドル札を置く。

ピートがそれをじろりと見た。「聞きたいことは、もうおしまいか?」

私がうなずくと、ピートは札をポケットに突っこんだ。「赤字だろ、これじゃ」

「かもな」たしかにそうだが、もともとさして期待もしていなかったことだ。しかし私は、最後の質問を残していた。なにげなく訊けるように、相手が金をしまうのを待っていたのだ。きっと聞けるにちがいない、金の絡まない答えが。

それからハンバーガーを平らげ、この夏のくそ暑さについて二、三の感想を述べ合ってから、私はおもむろに切り出した。「オービー・ウェストファルって知ってるか?」

「ああ。といっても、顔くらいだ。知ってるとはいえねえな。高校で同じクラスだった、一年前におれが辞めるまでは」

「ジミーとはどうだったんだろうな」

「似たようなもんだろ、おれと」

「オービーの話はしたことがなかったのか?」

「ねえな。フットボールの話のときくらいだ。去年の秋、サウスサイド高校の試合に二、三度つるんで行ったんで、その話はよくしてたんだ。けど、ジミーもオービーをよく知ってるわけじゃなかった。せいぜい、『よう』とか、あいさつ程度だな」

最後のフライドポテトをつまんだピートは、口に入れる前にこちらへ向きなおった。「なんだって、オービーが出てくるんだ?」

「べつに」私は答えた。「おれもな、サウスサイドの生徒だったんだ。だからいまでもフットボールの試合はときどき観てる。オービーが今度のシーズンもプレイするのか、それとも六月で引退だったか、思い出せなくってな」

「へえ。それなら、あと一年あるぜ。ジミーとおれが入学した年にあいつも入ったから、今度四年生だ」ふたたび鋭く、疑いのまなざしを向けてくる。「おれたちがサウスサイドに行ってたって、なんで知ってた? オービーのことを訊かれるまで、おれは喋らなかったぞ」

「きみの前にも話を聞いた人がいるからさ。きみがジミーの友達で、あそこで働いてるってことをどうやって突き止めたと思うんだ?」

「なるほどな。どうやったんだ?」

「これ以上は五ドルもらうぜ」

ピートは笑みを見せた。「だよな。五ドルどうもな、昼飯代も」

店の前でピートと別れ、私は車に向かった。午後二時までに駅に着くにはかなり飛ばさなければならない。

# 4

間に合ったし、急ぐ必要もなかった。駅の掲示板には、午後二時着の列車は二十分遅れで到着予定とあった。駅は混み合って、地獄のごとき暑さだ。空いているベンチが見つからず、柱に背をあずける。そこからは、オービーが来るはずの出入口がよく見えた。

出入口を見つめながら待つ。

来た瞬間、あれがそうだとわかった。ポケットの写真よりも少し大人びた風貌、思っていたよりずっと大柄な体格。たっぷり六フィート、百八十ポンド——ことによると百九十ポンドはある。フットボールをするために生まれたような肩つき。若き巨人といったところだ。金髪を短く刈りこみ、帽子はかぶっていない。申し分のないハンサム。出会った娘はみんなめろめろになるだろう。

手には軽そうなスーツケースをさげている——いや、見た目には軽々持っているけれども、あの肩から見て、煉瓦が詰まっていてもあんなふうにさげられそうだ。戸口をくぐったところでそれを下ろし、あたりを見まわす。それから破顔一笑、「よう！」とまたスーツケースを持ち、ふたりの少年——若者といってもいい感じだが、同じ年ごろの連中のもとへ向かう。そのふたりはストライプのTシャツを着て、片方はクラリネットケースのようなものをさげていた。
二、三言葉を交わし、三人連れだってソフトドリンクの店にぶらぶらと歩いていく。全員コーラを飲み、代金はオービーが支払った。列車の旅でよほど喉が渇いていたらしく、オービーは立てつづけに二本空けた。それから三人は〝男子用〟と書かれたドアに向かい、そのなかに入っていった。

私は人目につかないようにそのドアを見張れるベンチに、空いた席を見つけた。見張りはじめてからしばらく経ったと思い、腕時計を見るとやはり時間が経っていた。そのときようやく、ここの男子トイレは奥にもうひとつドアがあり、そこから葉巻屋を抜けて外の通りに出られる造りになっていることを思い出した。

トイレに入ったが、三人はいない。葉巻屋に行ったが、そこにもいない。案の定だ。私に探偵は向きそうにない。

葉巻の並んだカウンターの向こうで、店主が歯をせせっていた。一本買い求めて尋ねる。「数分前、駅のほうから高校生が三人通っていかなかったか？　ひとりは大柄で金髪だ」

「ああ」店主は楊枝を口から離した。「外に停めてた車に乗ってったよ。笑っちまう車さ」

「どんな？」

「いろいろむき出しのポンコツだよ。ラジエーターキャップに狼の頭がついててな、横っ腹には〝笑うなよ、おまえの娘をひと呑みにしてやるぜ〟って書いてあるんだ」

「運転は金髪の少年か？」

「いや、〝プープー楽器〟の持ち主さ」

「プープー楽器？」

「〝クラリー〟とか〝リコリススティック〟ともいうぞ」にやりとする。「こんな言葉も知ってるんだ。高校生の子供がふたりいるんでな」

「ご苦労だな、そりゃ」私は言った。「葉巻でも吸えよ」

買ったばかりの葉巻を返し、変な顔で見返す店主をよそに店を出た。

半ブロックほど先に停めたビュイックに乗りこみ、運転席に身を沈めて考えにふけろうとした。が、やがて汗だくになっていることに気づいた。走りながらでも、考えをめぐらすことはできる――どこに向かうかはともかく。

まあ、いまの自分に思考力があればの話だが。わが脳裏には、ある疑問が渦巻いていた――オービー・ウェストファルについてずっとあれこれ考えていたけれども、こんな勘繰りをする俺こそ頭がいかれているんじゃないか、と。実際のオービーを目にすると、およそありそうもないことに思えてきた。虎は血をすするものだ、コーラではなく。笑顔の裏で悪事を重ねる者もいようが、殺人狂が友人たちにあんな朗らかな笑みを向けるものだろうか？　私にはわからない。

気がつくと、サウスサイド高校まであと数ブロックのところに来ていた。学校の正面でビュイックをわきに寄せ、エンジンを切る。しばし座ったまま、通りからかなり引っこんだ位置に建つわが母校の巨大で美しい校舎を見つめた。誇るに足る、堂々たる校舎。それより三階ぶんも背の高い、まっすぐに聳《そび》え立つ塔。あそこの踊り場に並んだ三つの窓のひとつから、ウィルバー・グリーノーという一年生が落ちた――あるいは突き落とされた。オービーが入学したその年に。

しかし、だからどうだというのだ？　二プラス二は二十二だとでもいうのか？

ふいに私は、学校の事務室の窓から丸見えの場所に車を停めていることに気づいた。ニーナが外を見たら、なぜ私の車がここにいるのかといぶかしむかもしれない。

ふたたびエンジンをかけ、その場をあとにした。ウェストファルの家に向かう。もっと頭の中身を整理したかった。あの家を見張れる場所に停めていれば――今回は少なくともオービーは市内にいる――見張りをしているあいだ、考えるチャンスはいくらでもあるだろう。

最初に来たときと同じところに停めた。オークの巨木の陰になるので、昼間はこちらのほうが都合がいい。

便利屋かパートタイムの庭師だろうか、作業着の男が白い杭垣の向こうで芝を刈っていた。しきりに手を止めては、帽子をとって顔の汗を青い大判のバンダナで拭っている。芝刈り機の刃が回る、耳になじんだ家庭的な音。

まずはジミー・チョユナツキの件から始めよう。何をもって、ジミーの死が事故ではないと確信した？

たくさんあるがなによりもまず、ジェットコースターの車体がコース最初の山に上げられるときの爪車《ラチェット》の音だ。あんなやかましい音を聞きのがすはずも、ほかの音とまちがえるはずもない。山の向こう側から車体がのぼってくるのに気づかぬ者などいない。そんなときにレールをまたごうとするのは、自殺志願の人間だけだろう。

そう、人間は自殺することもあるのだ。ではなぜ、ジミーがみずからレールの上に横たわり、コースターに轢き殺された線を考えないのか？

それは、無関係な行為のさなか、突如として自殺に走る者はいないからだ。ほかの人間と同じく、スリが自殺を図ることもあるだろう。しかし犯罪行為のさなか、盗った財布をポケットに入れたまま死のうとするだろうか？　仮に、オービーの財布を盗んだ直後に自殺を決めたとしても、手は無意識に金を抜き出し、問題の財布を捨てて、窃盗行為を完結させたことだろう。以前、警察付きの記者だったころ、たまたまスリと知り合いになった。その男から、彼の生業《なりわい》の話を聞いたことがある。男はみずからの技術に誇りをもっており、蘊蓄《うんちく》を傾けるのを好んでいた。男によれば財布を盗ったスリの頭をまず占めるのは、犯罪の証拠となるブツをできるだけ早く始末することーーその思いはほとんど強迫的だそうだ。人混みのなかですら、始末の方法はいくらでもある。男はありふれた方法のいくつかを紹介してくれた。ジミーがコースターのレールのそばにひとりで来たなら、財布の処分は楽だったはずだ。金を抜かずに捨てることはあり得ても、ポケットに入れたままの自殺はおかしい。ほかの件はともかく、母親のことは確実に頭をよぎったはずだし、死亡時に盗品を所持していた件を警察が母親に知らせなかったのは、ジミーの予測し得ないことだったはずだ。

それに私の持論だが、勢いのみの突発的な自殺というものはあり得ない。自殺をするにはそれ相応の心の準備をして、勇気をふるい立たせなければならない。なにしろ取り返しがつかないのだから。ひとりの人間がーーまして思春期の少年がーー胸の内の絶望に見合うだけの勇気をふりしぼっているさなか、人のポケットを探るゆとりを持てるわけがないのだ。これから死出の旅に出ようというときに。

むしろ自殺は論外だと言っていい。事故よりもずっと、はるかに可能性が低い。

だが事故については、まだ可能性が残っている。

ジミーは、あそこのランチスタンドでコーラを飲んでいるオービーを見たかもしれない。そこでオービーが支払いに、例の財布から札を引っぱり出し、ジミーはその財布と、それが収められたポケットを見たのかもしれない。ジミーはオービーのうしろについていって、財布をすり取り、急いで柵の向こうの人目につかない場所を目指す。オービーは振り向き、足早に歩み去るジミーを（賢いジミーは、走ったりはしなかったろう）目にする。そして、ジミーが退学になった理由を思い出し、自分のポケットを触ってみて、財布がなくなったことに気づく。ジミーを追いかけるオービー。逃げおおせようとジミーは慌てて駆けだし、下ってくるコースターの前をぎりぎり横切ろうとして、レールに足をとられ、前のめりに転んで……

これが事故の、起こり得たひとつの形だ。しかしこれが真相だとして、なぜオービーはその場にとどまって状況説明をせず、行方をくらましたのか？

そしてなぜオービーの父親は、息子が生きていたと聞いたのに、あのような渋い顔をしていたのか？　なぜ葬式代を肩代わりすると申し出たのか——息子の代わりに死んだ少年のために。

別の形を考えれば、これらの点は説明がつく。

振り向いたオービーは、柵に向かって歩いていくジミーを目にするが、まだ財布がなくなったことには気づいていない。『よう』と手を振ると、ジミーは当然足を止める。コーラを飲みおえたオービーはジミーに近づき、そんな裏のほうへ行ってどうするのかと尋ねる。オービーの財布をポケットに入れたジミーは、内心おびえながら……

私は、ジミーになったつもりで考えてみた。ジミーはなんと答えただろうか？『ちょっと見物に行くだけさ』するとオービーは、『裏で何を見るっていうんだ？』

こいつに見つかったからには、この財布はすぐに足がつく――私がジミーならそう考える。しかし裏のほうでなら、チャンスを狙って、中身の金ごと財布を捨ててしまえる。そしてオービーが財布をなくしたことに気づいたら、探すのを手伝ってやればいい。見つけられないのなら、代わりに見つけてやってもいい。金はすべて収まったままだし、たとえ怪しまれようと、持ち主が誤って落としたのではないという証拠がないので、それっきりになるはずだ。

レールのそばまで来ても、まだ財布はジミーのポケットに入っている。焦りは募るが、オービーが前を歩かなければ財布を捨てられないから、じっとその機会を待つしかない。

爪車《ラチェット》がガチャンガチャンと鳴りだす。ジェットコースターが山をのぼってくる。どちらの少年も、わざわざ相手に音の正体を説明したりはしない。『このへんで、あれが走っていくのを見ようぜ』とオービー。おそらくレールから三フィートのあたりで、ふたり並んで待つ。コースターが山のてっぺんに姿を現わす――乗客はゼロ、目撃者はいない。オービーはすばやくうしろに目をやり、向こうの広小路に人影がないことを確かめる。例の狭いすきまから、柵のこちら側を覗いている者は誰もいない。そう、誰も。いまなら目撃者はいない。オービーの片手がジミー・チョユナツキの背中に伸びる。そして、コースターが轟音を立て、レールの谷底めがけて突進してきた瞬間……

それがすむと、すばやくレールを越え、わずか数ヤードのところにある塀を乗り越えて遊園地の外に出る。そうして、衝突音の残響が消える前にまんまと行方をくらます。いったんこうして離れてしまえば、自分とジミー・チョユナツキをつなぐものは何もない――オービーはそう考える。ところが、のちに財布がないことに気づいて、その可能性に思い至る。いずれにせよ遊園地に引き返し、忘れ物センターで尋ねてみなければならない。その問い合わせの結果、財布のせいで当座の身元確認にミスが出て、両親が呼びもどされたことを知らされる。

オービーは承知しているのだろうか？　自分の父親が、真相に勘づいているかもしれないことを。

一台の車が横を走り抜けて、ウェストファルの家の前でハンドルを切り、悲鳴じみた急ブレーキの音を響かせて道路わきで停まった。そう、定義上はたしかに車だ。タイヤが四つにボディがひとつ。ただしタイヤを覆うフェンダーもなければ、屋根も幌もついていない。ラジエーターキャップがあるべきところに古ぼけた狼の頭がくっついており、ボディの横っ腹には文字が並んでいる。スピードがありすぎて、なんと書かれているかは読めなかった。いまは死角になっていて見えない。しかし書いてある文句は、葉巻屋の店主からすでに聞いている。

乗っている人数は七人になっていた。全員が高校生くらい、男四人に女三人。クラリネットケースを持っていた少年がハンドルを握り、ひとりの少女がその横にくっついて、その隣にオービー。残る四人はふたりずつ組になって、後部座席に並んでいる。オービーが降りて、何か話しながら手を振り、杭垣の戸を開けて玄関に向かった。まだスーツケースをさげていた。三人で駅を出てから仲間を拾い、ずっとドライブを楽しんでいたのはまちがいなさそうだ。ポンコツは急発進をかけた。あれでは路面を噛む前に、後輪が空転したことだろう。

フィクションの探偵は容疑者の動きを観察するたび、いつもきちょうめんに時刻を見ていることを思い出し、私は腕時計に目をやった。午後四時二十七分――役立つかどうかはわからないが。

玄関の網戸が閉まる音が聞こえた。オービーが家のなかに入ったのだ。

私は頭の整理に戻った。サウスサイド高校でここ三年以内に起きた死亡事故のことを思い出したのは、ジミー・チョユナツキの死に不審な点があると疑いはじめてまもなくのことだった。おそらく、ジミーとオービーがあの高校の生徒だったことで連想が働いたのだろう。しかし正直言って、いまのところあの四件は決定的な証拠になりそうもない。まず、うち一件は明らかに外さなければならない。女子のみの水泳の授業で溺れ死んだ子に、オービーが手を下したとは思えない。教師の溺死の件も可能性は低い。ほかの事件と毛色が違うからだ。だが、それでもひとつ知りたいことがあった――オービーは演劇部に所属していたのか？　その夜、ミーティングが終わってから顧問に見送られて帰った部員たちのなかに、もしやオービーがいたのだろうか？　それならオービーは、ボナー教諭がひとりで居残りすると知っていたことになる。仮にそうであれば、コンスタンス・ボナーの件も除外できない。今度ニーナに会ったとき、忘れずにオービーの話に持っていかなければならない。そうして、オービーが演劇部所属かどうか知らないかと尋ねるのだ。いや待て、そんな尋ねかたではまずい。スポーツ関係以外に、学校活動を何かやってるのかな――そんな感じで尋ねなければ。それでこそ自然な質問というものだ。

あるいはどこかで、昨年度の高校年鑑を見られないだろうか？　演劇部のグループ写真が載っているはずだから、オービーが写っているかどうかを見れば……

午後五時数分前、オービーの父親がクライスラーで帰ってきた。今回もガレージに車を入れる。

午後六時。オービーはまだ家にいるのだから、夜間にどこかへ出かけるにしても、夕食がすむまではこのままのはずだと気づいた。こっちもいまのうちに、さっと腹に何か詰めこんでこよう。オービーが外出するにしても、その前に余裕を持って戻ってこられるはずだ。レストランに車を飛ばし、大急ぎで食事をすませ、六時半過ぎには戻ってきた。あっちがすでに出かけたなんてことはあるまい。実際そのとおりだった。午後七時、オービーはご親切にもポーチに出てきて、それを証明してくれた。どうやら新鮮な空気を吸いに出てきたらしく、数分間そこにとどまっていた。こちらには一瞥もくれなかった。とはいえすでに暗くなりかけていたから、たとえ目を向けたとしても、車内に人がいるかどうかすら判別できたとは思えない。私にしても、オービーがポーチの端っこまでぶらついたから、窓明かりを背に二度シルエットが浮かび上がって、ようやく父親のほうではないとわかったのだ。

オービーが家のなかに戻って、私はまたも時間を浪費していると感じはじめた。もうおそらく、どこにも出かけまい。スプリングフィールドへの旅行から帰ってきて、最初の夜を過ごしているのだから。外出したとしても、たぶん行き先は映画館か友達の家だろう。

いったい私は、何を期待しているのか？　オービーが狩りに行くとでも？

## 5

午後九時。オービーは狩りに出かけた。

家の外に出て、しばらくポーチにとどまっていた。どうせまた外の空気を吸いに来たんだろう、これで家に引っこんだら、こっちも今夜は引きあげようと思った。

ところがオービーは玄関の踏み段を下りてきて、白い杭垣の戸を開け、通りに出てきた。西へ向かって、速くも遅くもない速度で歩く。私の車の横を通りすぎたが、道路の向こう側を歩いていて、こちらには目もくれなかった。すでに真っ暗になっていたので、こちらを見たとしても、乗っている者がいることすらわからなかっただろう。

一ブロックほど離れるのを待ち、車を降りて徒歩であとを尾《つ》ける。道路の反対側を歩き、一定の距離を保つ。通りには人気《ひとけ》がなく、これ以上近づくことはできない。木々にさえぎられてしばしば姿を見失ったが、それでもときおりちらりと人影が見えた。

灯の明るい地区には向かっていなかった。オービーの向かう方角には、私の知るかぎり何もない。貨車操車場――ホーボー（列車にただ乗りして各地を渡り歩く労働者）のたまり場、ジャングルのほかには。

オービーが次の曲がり角を折れて、いよいよ行き先がはっきりした。私も続いて曲がると、そこは木のないひらけた通りで、隠れ場所がなかった。しかし私はいちかばちか、少し距離を詰めてみた。半ブロックと離れずについていくと、オービーはいちばん手前の線路を渡りはじめた。

だが、けっきょく実りはなかった。車両の陰に入られて、完全に行方を見失ってしまった。相当に広い貨車操車場《ジャングル》だ。何十本もの太い線路が、一マイル近くにわたって延びている。ここなら百人でも身を隠せるだろう。

三十分ほどうろついて、とうとうあきらめた。ホーボーの影すら見えなかった。このなかにたくさんいるのだろうが、いまごろはおそらく、空《から》の有蓋貨車にこもって夢のなかだろう。

来た道を引き返し、車に乗りこんで運転席に背をあずける。午後十時半を少し回ったころ、オービーが戻ってきた。家に入り、二、三分して二階の正面の部屋の明かりがついて、シルエットがブラインドに浮かび上がった。もう寝るようだ。

もよりのバーに車を向け、酒を呷《あお》った。バーテンが二杯目を注いでいるあいだ、奥の電話ボックスに行き、ダイアルを回した。応答があった。

「ニーナ、サムだけど。ちょっと寄ってもいいかな?」

「あら……今夜は来ないと思ってたわ。もうベッドのなかよ」

「そりゃあいい。あと二十分で、ぼくもご一緒できるよ」

# 木曜日

## 1

朝食のときに話をするものではない。ましてや真剣な話は。朝食のときは人間誰しも無粋になって、ものごとの現実的な面をまともに捉えすぎるものだ。

ニーナと私は同時に起きた。ニーナはふたりぶんの朝食を作ると言ってきかなかった。

支度にとりかかりながら言う。「サム、ちょっと訊いてもかまわないかしら。ゆうべは何をしてたの？　わたしが詮索することじゃないだろうけど……」

そのとおりだ。しかしそう答えるわけにもいかない。言い訳を用意しておくべきだった。こんなに急には何も思いつかない。

「仕事だよ」そう答えた。

「でも、休暇中だったんじゃないの？」

「そうだけど、フリーランスでやってる仕事の調査さ。聞いても面白くないよ」

「聞いてみないとわからないわ。もちろん、あなたが言いたくないっていうなら――」

「ニーナ」言葉をさえぎる。「嫁さんみたいな口をきくね」

どれほど努力したところで、これ以下の台詞はひねり出せなかったろう。私は顔を上げた。あるいは聞き流してもらえたのでは――が、そうは問屋がおろさなかった。ニーナは私を睨みつけていた。

「ごめん。変なことを言った。そんなつもりじゃなかったんだ。それに、隠しだてするつもりもない。ただ、退屈させるのが嫌だったんだよ。まだ例の記事に取り組んでるんだ、事故多発の傾向のある建物の。昨日の午後は警察本署で、事故記録や統計を調べてたんだ。夜には《ジャーナル》に行って、資料室《モルグ》の資料をあさってた」

「《ジャーナル》？　あなたの新聞社じゃなくて？」

「うちは夕刊紙で、あそこは朝刊紙だからね。《ヘラルド》は夜間だと、いくつかの部署に最低限の人員を置いてるだけで、資料室《モルグ》は開けてないんだ。《ジャーナル》には友人がいて、段取りをつけてくれたから入れたんだよ」にやりと笑みを見せ、「そもそも、その後に起こったことを考えれば、夜にほかの女といちゃついてたって線は消えるだろ」

笑ってほしかったのだが、空振りに終わった。ニーナは言った。「あなたがだれといちゃつこうと、わたしが口出しすることじゃないわ。わたしたち、ただの……ただの遊びだもの。文句をつける筋合いじゃないわ」

どうして女は、いつも話をそっちに持っていくのだろう？　もちろん、言っていることは百パーセント正論だ。特にニーナのほうから見れば――この関係がいま以上のものになる可能性があることを、彼女は知らないのだから。私は、一週間ほどミリーが市外に出かけていることは伝えたが、それ以外は何も伝えていない。ミリーと別れるかもしれないことをニーナに話すのは、フェアではない気がした。私は結婚をちらつかせて、ニーナをたらしこんだわけではない。仮にミリーと別れたとして、それまでに本気でニーナと結婚する気になっていたら、そのときにでも話せばいい。実はいまも、本気で結婚を考えているつもりなのだが――いや、この女と寝たくてたまらないという欲求と、この女と結婚したいという欲求には、大きな隔たりがあるはずだ。

それにしても、返事のしようはあるだろうか――この言葉に。

やれるだけはやってみた。「ニーナ、ぼくたちの関係はなんであれ、すばらしいものだと思うよ。身体だけのつながりじゃない、わかるだろ。愛情を伴ってるかどうかはわからないけど……そもそもぼくは、愛ってなんなのかよくわからない……だけど、少なくとも親愛の情はある。親愛と愉《たの》しみ――これだけでも、しばらく続けてみるには充分だろ?」

だが残念ながら、今朝は心に探りを入れられる時間のようだ。「サム。あなたはわたしのことを、その……だれにでも落とせる女だと思ってるの? きっとそうよね」

「男のプライドが許さないよ、それは」笑ってみせる。「自分がうまくいったからって、ほかの男どもにも落とせると考えるなんて」

そう、男のプライドはそのように考えることを許さない。しかし心のどこかで、つねにわずかな疑いを抱いているものだ。

これでも、完全に納得はしてもらえなかった。顔に書いてある。そこで私は、本来なら数分前にやるべきだったことを実行に移した。テーブルの向こうに回って彼女を抱きしめ、覆いかぶさるようにしてキスをした。彼女がしてきた類《たぐい》の質問には、このように答えるしかない。女はいつも言葉の意味をねじ曲げるが、キスの意味はねじ曲げようがない――それにどのみち、このほうが通じるのだ。

私たちは朝食を、平和のうちに終えた。

さらに私には、玄関まで見送りをして――今回もニーナは、ふたり一緒に出るのを見られないよう、自分が出てから数分は待ってほしいと言った――もう一度彼女を抱きしめ、キスをするだけの分別もあった。

ところが唇を離すと、彼女はつぶやいた。「サム……」先を促した。「なんだい?」

「ここには来ないほうがいいと思うの……電話も……今夜のところは」

「なぜ?」

「その……ともかくわたし、睡眠をとらなくちゃ。少なくともひと晩、ゆっくりぐっすりと。九時までにはベッドに入って……眠りたいわ。ワーキングガールなのよ、わたし」

「わかった」私は答えた。「『ともかく』ってのを削ってくれれば、了解だよ」

「わかったわ。わたしね、睡眠をとらなくちゃ。寝不足でいま、いらいらしてるんだと思う。それだけよ、きっと」

私はもう一度キスをした。今回は彼女も、本気らしく返してきた。

## 2

またも岩塩掘りのような、しんきくさい作業に戻った。この前ここに来たときには、塩のひとかけらさえも掘り出せなかった。ただあのときは、高校の死亡事故四件の資料ホルダーを見るだけで時間を使いきってしまったのだ。今日はそれ以外の資料を、範囲を絞らず無作為に拾い読みしてみよう——一日でこなせるかぎり、できるだけ多く。

だがその前に、ひとつの可能性を排除しておきたかった。資料のキャビネットへ向かう前、おととい言葉を交わした秘書の男のデスクに立ち寄る。

「ゆうべ貨車操車場《ジャングル》で事故があったそうですね。もう報告は上がってきましたか?」

「ジャングル? ああ、貨車操車場のことですか。あそこじゃゆうべ、事故は起きていませんよ」

「報告書がまだ届かない、ってことはないんですか」

「ええ。事故があれば、今朝にはデスクに届いているはずです。昨夜は四件発生していて、うち一件が死亡事故でしたが、いずれも自動車事故でした」

「この課じゃ、自動車事故は扱ってないと思ってましたが」

「扱ってませんよ。二階の交通部の担当です。でも一次調査の報告書の写しは、どんな事故のでも回ってきますから。車の破損ですんだものから、人的損害の出た案件まで。スタイナー署長は、そのすべてに目を通すことにしてるんです。もしもの場合に備えて」

「もしも？」

「ほかの事件と関連があるかもしれないので。たとえば、ある地点で午前二時に起きた強盗事件に、ふたりの男が関わっていたとします。その二十分後、数マイル離れた地点で交通事故を起こしたスピード違反の車にも、やはりふたりの男が乗っていた――このふたりは同じふたりかもしれないし、違うふたりかもしれない。でも、確かめてみる価値はあるわけです。さっと目を通すだけなので、一、二分ですみますし。ときどきは成果が上がるんですよ。トニー・コレッティって聞いたことがないですか？」

「ああ、銀行強盗の。何年か前にこの市でつかまったんでしたね」

「署長が事故記録を読んでたからですよ。コレッティのやつがこの近辺にいるってタレコミが前々から入ってたんですが、ある日の朝、軽微な事故の報告が上がってきたんです。アンソニー・コールという男が、その事故に関わってまして。アンソニー・コール――つまりアントニオ・コレッティです。他州の免許証と、ここの免許証も照会できました。ゆうべ貨車操車場で事故が起きたって、どこで聞いてきたんですか？」

「バーでほかの客が喋ってるのを、たまたま耳にしたんです」と私。「ゆうべってのが、たぶん聞きちがいですね。まあそれはそれとして、過去の事故のうちあそこで起きた可能性のあるのを、すべて洗ってみたいんですが。操車場からはたどれませんかね？　ひとつひとつ資料にあたって見つけ出さなきゃならないのかな」

「運行中の交通機関の事故であれば、資料は二階の交通部の管理になりますね。貨車や貨車用の機関車も、事故発生時に動いていればそちらに該当します。おかしな決まりごとですがね、どこかで線引きをしなきゃいけないんですよ。交通事故と、それ以外の事故の」

「つまりこういうことですか？　操車場で寝泊まりしてるホーボーが、停まってる貨車から落っこちたら交通事故じゃない。で、車両の入換え中であろうと、貨車が動いてるあいだに落ちたら交通事故」

「変に思われるでしょうが、そういうことです。もちろん大半の鉄道事故は操車場以外で発生するので、本来の意味での交通事故ですが」

「どうも」私は礼を述べた。「ここの資料にとりかかる前に、ちょっと二階を覗いてみますよ。貨車操車場での事故をまとめたものがあるかもしれない。勘ですが、使えそうなやつがある気がするんです。上の資料を見るのに、許可はいりますか？」

「かまわないはずですよ。署長の指示では、事故資料を見せるようにとのことでしたから。あっちだって事故資料ですしね。何か言われたら一階に電話をかけて、ぼくに——ぼくはスプリンガーといいます——問い合わせるよう伝えてください」

何も言われなかった。

そのうえありがたいことに、鉄道事故の資料はひとまとめに保管されていた。分量もさして多くなく、あそこの操車場で起きた事故をピックアップするのにさほどの手間はかからなかった。過去五年までさかのぼって、十二件の死亡事故を見つけた。

うち七件は除外してもよさそうだった。目撃者がいたり、そうでなくても事故の種類からして、故意に起こせたとは思えない。残る五件のうち一件は、ホーボーが貨車の車輪に両脚を切断されて死んだ事故だが、最後まで資料を読んでみて、これも除外できると思った。ホーボーは事故後も二日間は生きていて、そのあいだに意識を取り戻したからだ。もしも何者かに押されたのなら、そのことを口にしないはずがない。

だが、それでも四件が残った。すべてがここ二年以内の事故だ。このうちのどれか、あるいはどれもが――どれも違う可能性もあるが――私の探している事故かもしれない。

スピードを上げ、操車場を出ようとしていた車両のすきまにホーボーが転落した事故。それと同様の死にかただが、側線から別の側線への入換えの際に、やはりホーボーが車両のすきまに落ちた事故。両方とも死体は損傷のひどい状態で、一、二時間後に発見された。貨車の運行状況と車輪に付着した血液を見れば、何が起きたかは推測可能だった。

貨車の制動手、というよりその残骸は、レール上で発見された。貨車の連結車両まるごと一本と、それらを押し動かす機関車に轢かれたのだ。制動手は仕事を終えたばかりで、タイムカードを押しに事務所まで戻る途中だった。レールを横切って近道しようとして、事故に遭ったものとみられる。だが貨車のスピードは速くなかった。レールに足をとられて、転倒したところに列車が来たのか。あるいは列車が来た瞬間、突き飛ばされるか殴り倒されるかしたのか。

四件目の事故の被害者は、またもホーボーだった。ただこのときには、目撃者といえなくもない人物がいた。男を轢いた機関車の運転士だ。機関車を単機で移動させていた運転士は、運転台の窓から外を見ていた。そして、留置してある空《から》の貨車に迫った瞬間、陰から男が飛び出してきた。わざと飛び出してきたように見えた、と運転士は供述している。

もしかすると停めてある貨車の陰で、何者かが男の背後にしのび寄り、そのまま突き飛ばしたのでは……。

四件が四件とも、日没後に起きていた。早いもので午後八時、遅いもので午前二時。

どれも事故でないとはいえない。四件のどれをとっても、事故でないという確証はない。サウスサイド高校で死人が出た件も、ホワイトウォーター・ビーチでジミーが死んだ件も。いまなら確信が持てるが、ほかの場所でも同じことだろう。

狩り場はどこだ？　オービーの、これ以外の狩り場は。

3

交通事故以外の資料を見に、下の階に戻った。

ひとつずつ、古いほうにさかのぼっていく。大半はざっと目を通すだけですんだ。目撃者がいなければ事故原因を見て、目撃者がいればひとつの名前を探す。本気で見つかると思っているわけではないが、ひょっとしたら獲物をしとめたオービーが、目撃者という名の檻から逃げそこねているかもしれない――その場合はほぼまちがいなく、唯一の目撃者になっているだろう。私はたとえば、こんなケースを探していた。ビルの屋上から男が転落死した。落ちた男を見た者は何人もいたが、落ちる瞬間を目撃したのはひとりだけだった——被害者と一緒に屋上にいた、ヘンリーあるいはオービー・ウェストファルという少年。彼の証言では、被害者は屋上の端から下を覗きこみ、バランスを崩したという。

昼までにおよそ三年ぶん、何百点もの資料に目を通した。収穫はゼロだった。目撃者の名がない事故の原因を確認するのはやめにした。ひとりきりの、いやひとりきりだったと見なされている被害者が、実は何者かの不意打ちを食らっていた——そして犯人は、まんまと逃げおおせた——そういう可能性のあるケースは、あまりにもたくさんありすぎた。この手のことに、サイコパスじみた執着を抱くのはごめんだ——とはいえ、もう手遅れかもしれないが。殺人の可能性が消せないからといって、すべての死亡事故をオービーの仕業と疑ってはいけない。いくらなんでも、この全員を殺せたはずはない。

私は昼食に出た。署長秘書は席を外していたが、戻ってみるとあっちも戻っていた。

「記事に向きそうなのは見つかりましたか？」

「ちょっとはね」私は答えた。「しかし、大仕事ですよ。ほとんどの事故がありきたりで。変てこな事故を充分にそろえるには、予想より何年も前まで資料を掘り返さなきゃ」

「なるほど。そういえば昔、ぼくの伯父が変わった事故で亡くなりましたよ。おたくの記事に使えるかも。木製の義足がシロアリに食われたせいで、転落死したんです」

「冗談でしょ」

「本当ですよ。切断手術のあと、数年木の義足を使ってたんですがね。新しくアルミ製のを手に入れて、古いのは物置にしまったんです。それから二、三年して、新しいほうの具合がおかしくなったとかで、修理のあいだ古いのを出してきて使うことにしたんです。で、それをつけて三十分もしたら折れてしまって、伯父は階段から転がり落ちて。シロアリが義足の中身を食い荒らしてたんです」

「それはぜひとも使わなくちゃいけないな」

「よかったら調べてみてください。細かい点まで、記憶にまちがいはないはずですよ。引出しのなかの――そうだ、十二、三年前です。ええと、一九四〇年か四一年ですか。伯父の名はアンドリュー・ウィルソンです。この前話した、一年ごとのアルファベット順のリストで探すといいですよ。各引出しの手前の」

「そうしますよ。ありがとう」

資料のキャビネットに戻り、さらに二年分に二時間を費やした。またもや収穫はなかった。いまのところ、無駄足といった感じだった――二階で見つけた交通事故の資料をのぞけば。あそこの操車場で、ここ二年のうちに起きた四件の事故。これまで知り得た情報、およびわいてきた疑問を踏まえれば、いずれも臭く思える。むろん、ゆうべオービーがあそこに行かなければ、こんなことは考えもしなかったろうが。

しかし、食らいつけるだけのものはなかった。事故死とされているケースのいずれにも、オービーとのつながりを示す証拠は何もない。ジミー・チョユナツキの件だけは別だが、それとて直接的な証拠は、死んだジミーのポケットにオービーの財布が入っていたという一点だけだ。あとは、事故直前にオービーが来て、事故が起きたときにはいなくなっていたというランチスタンドの店員の証言。

この程度の証拠で他人を説得しようなど、考えただけでぞっとする。

キャビネットをあとにしかけた私は、ふいに踵《きびす》を返した。言い訳をきちんと全うするために、秘書の伯父の事故死の記録にあたっておいたほうがいい。帰りぎわにデスクの前を通ったら、きっと尋ねてくるだろう。

一九三九年の引出しを開け、アルファベット順のリストを取り出す。Wから始まる名は五つ六つ並んでいたが、ウィルソンの名前はなかった。しかし、一九四〇年の引出しのリストにはたしかに、アンドリュー・ウィルソンの名前と事故発生日が載っていた。記録を見つけて読む。秘書の話は冗談ではなかった。木の義足に巣食ったシロアリ。これは本当に、奇妙な事故の記事を書くべきかもしれない。アンドリュー・ウィルソンの一件は、話のつかみにぴったりだろう。

ふたたび帰りかけ、ドア近くまで来たところで、硬い物にぶつかったように足が止まった。先に見た引出し、一九三九年の引出しのWの項目に、ウェストファルの名前がなかったか？

いや、あったからなんだというのか。一九三九年といえば、オービーはまだ四歳ではないか。しかも、あのリストに載っているのは死亡事故の被害者の名前で、目撃者名でもその他の関係者名でもない。ただの偶然だ。ウェストファルというのは、それほど珍しい名前でもない。

引出しに戻り、もう一度リストを見る。

エリザベス・ウェストファル、四月十六日。

もつれる手で記録を探す。日付順にめくっていって通りすぎてしまい、また戻らねばならなかった。そしてようやく手にしたのは、薄っぺらいマニラ紙のホルダーだった。中身は紙が三枚きり。開けるのももどかしく、いちばん上の用紙に目を走らせる。死亡証明書、署名はローレンス・J・ウィガンド医師。この人のことは知っている。

エリザベス・ウェストファル。五歳。アーミン・ウェストファル夫妻の娘。南ランパート通り三一四番地……

私はいったんそれを閉じ、引出しを閉めた。ホルダーだけを窓辺に持っていき、窓の下枠に腰かける。そして表紙をじっと見つめた。開けるのが怖い気さえした。

これこそが探していた鍵かもしれない。しかし、あり得るだろうか？　一九三九年といったら、オービーはまだ四歳じゃないか。

それはともかく、オービーはひとりっ子ではなかった。グレース・スミスの話はまちがっていた。年子の姉がいたのだ。

しかしその姉は死んだ――事故で。

深く息を吸いこみ、ホルダーを開ける。

死亡証明書は複写だった。死因は第一・第二腰椎《ようつい》間の脊髄切断。それ以外の外傷は、背部、左前腕部、右腓腹《ひふく》部挫傷および裂傷（重度）。死亡推定時刻、午後三時十分。医師診断時刻、午後三時十五分。

あとの二枚は型どおりの事故捜査記録で、ジョン・カーペンターなる警部補の署名が入っていた。

五歳の女児と、その四歳の弟——記録にはヘンリーとあった——は、ランパート通りのウェストファァル家の裏庭で遊んでいて、塀のそばの木にのぼった。のぼるなとの注意は受けていなかった。というのもふだんなら、ふたりには手の出しようのない木だったから。いちばん低い枝でもまったく手が届かず、幹回りも幼児が取りつくには太すぎた。ところがこの日、ウェストファァル氏は枝の剪定をしており、はしごを幹に立てかけたまま置きっぱなしにしていた。それを使って、姉弟は楽々と木の上にのぼった。夫妻はいずれも家のなかにいて、子供たちの行動に気づかなかった。

二階にいたウェストファァル氏が、子供たちは何をしているだろうかと窓の外を見やって、樹上のふたりを発見した。じっとしてなさい、助けに行くからと叫ぼうと、窓を開けようとした瞬間にエリザベスが落ちた。腰からまともに塀の上にぶつかり、庭の向こうの路地に転落した。転落しながら悲鳴を上げていたという。

ウェストファァル氏は階段を駆けおりた。夫人のほうは居間で掃除機をかけていて、裏庭の悲鳴に気づかなかった。氏は夫人に、ウィガンド先生を呼べ、早くしろと怒鳴った。路地に駆けつけると、エリザベスは意識を失って、すでに息がないように見えた。氏は娘を家のなかに運びこみ、ソファに横たえた。夫妻はなおも心音を聴こうとしたり、なんとか生きているしるしを見つけ出そうとした。けれども、到着したウィガンド医師がエリザベスの死亡を宣告した。緊急電話の際、夫妻も医師も時計を見ていなかったが、事故発生時刻は一分程度の誤差まで絞りこめた。死亡宣告を下したとき、医師が腕時計に目を落としていた――午後三時十五分。ウィガンド医師の住まいは同じランパート通りの、一ブロックと離れていないところにあり、駆けつけるのに二、三分ほどしかかからなかった。電話に一分、到着してから腕時計を見るまで一、二分ほどだったから、事故が起きたのは死亡宣告の約五分前ということになる。同医師の所見によれば、ほぼ確実に即死だった。

エリザベスが落ちたのは、高さ五フィートの板塀の上だった。乗っていた大枝は地面から約二十フィート、塀のてっぺんから約十五フィートの高さがあった。

弟のヘンリーは、姉が先にのぼって、自分はあとからついていったのだと話した。ヘンリーは大枝の、姉のすぐうしろにまたがっていた。姉は両脚で枝を挟んだだけの体勢で、両腕をいっぱいに伸ばして頭上の枝を摑もうとし、バランスを崩した。ヘンリーは姉の身体を摑もうとして、手が触れはしたものの、摑むことはできなかったという。

ウェストファル氏が階段を駆けおり、路地に倒れたエリザベスのもとに駆けつけるあいだに、ヘンリーはひとりで無事に木から下りていた。

エリザベスが落ちたときの状況について、息子の話が細かい点まで正確かどうか、ウェストファル氏は裏づけることができなかった。枝葉を透かして見る形になったため、何が起きたのかよく見えなかったのだ。しかしながら、ヘンリーは年齢のわりにしっかりしており、その説明を疑う理由はどこにもない——とは、この捜査記録を書いた警部補の言である。警部補は、この男児が姉を摑めなかったのはおそらく不幸中の幸いだった、摑んでいたらふたりとも落ちていただろうと、書かずもがなのことをつけ加えている。

記録はここまでだった。

私はホルダーを戻し、引出しを閉めた。

帰りしな、通りかかったときに運よく秘書が席を外していたので、足を止めてのシロアリ談義は避けられた。

本署のほぼ真向かいにあるバーに行き、ビールを注文した。腰を落ちつけて考えてみたかったのだ。

収穫はあった。しかしその正体がわからない。四歳の子供が人を殺せるのか？

もしかしたら、オービーは姉を突き落としていないのかもしれない——が、父親はそう思っていないのかもしれない。突如として、新たな可能性に思い至った。オービーではなく、アーミン・ウェストファルが異常者だとしたら？　オービーは誰も殺していないのに、娘が死んでからずっと、息子は人殺しなのだと妄想を抱いているとしたら？　それなら、ジミー・チョユナツキの葬儀に金を出した理由も説明がつかないか？　もしも、アーミン・ウェストファルこそが異常者なのだとしたら——

# 4

がぜん興味がわいてきた。なんでもいい、アーミン・ウェストファルのことが知りたい。ウィガンド先生なら何か教えてくれるかもしれない。バーの奥の電話ボックスに行き、ダイアルを回す。

「先生、サム・エヴァンズです。いまから三十分後くらいにお邪魔したら、少しお喋りにつき合ってもらえますか?」

ウィガンド先生は笑い声を立てた。「いいとも、ちょうど退屈していたところだ。来るといい。きみが知ってるかどうかは知らんが、わしは三ヵ月前に引退してね。そのことを後悔しはじめているんだよ」

「すぐにうかがいます」私は答えた。

カウンターを通りざまにビールを飲み干し、店を出てビュイックに乗りこみ、ランパート通りを目指す。電話帳によれば、先生はまだ同じ場所に住んでいた。かつてウィガンド先生は私の両親と親しく、私も先生のことを慕っていた。両親が死んでからは、めったに会うこともなくなっていたが。

先生はすり切れた古い服を着て、庭いじりをしていた。キャンバス地の手袋を外して握手をし、また会えてなによりだと言った。「身体は大丈夫かね、サム。もしや、わしに診てほしかったたんじゃないのか。そうだとしたら、引退したという言葉は忘れて――」

「いえいえ、ぼくは元気ですよ。実は、先生が昔診た患者についてお訊きしたくて」

先生はため息をついた。「まったく、相変わらずだな。家のなかで話すかね？　そこがいいかね？」大きなオークの木陰に置かれたテーブルセットを示す。私は木陰を選び、腰を落ちつけた。

「いまも《ヘラルド》で働いているのかね？」

「ええ。でも、今週いっぱいは休暇です。お訊きしたいのは、個人的に気になってることなんです。それは……その、状況しだいでは記事になるかもしれませんが、そうなっても直接のコメントは載せませんし、お名前も出しません」

「ううむ。だが医師には守秘義務というものが……まあ、質問するだけしてみたまえ。答えられるかどうかは、内容しだいだが。どういった患者かね？」

「エリザベス・ウェストファルという子です、木から転落した。おたくの近所の子供です、ここのブロックの」

「ああ、憶えてるよ。アーミン・ウェストファルの娘だろ、あれから十年は経つな。あの子の何を知りたいんだね？」

「医学的なことは訊きません、それ以外のことをなんでも。特に家族関係というか、一家のほかの人たちについて」

「そうか、それなら発言に気をつける必要はなさそうだな。一家がこっちに住んでるころにはつき合いがあったよ……あの件以来、アーミンはあまり見かけなくなったが。しかし、患者として診たことはなかった。あの子が亡くなったときをのぞいてな。わしが着いたとき、あの子はすでに息絶えていた。だから、医者として秘密にすべきことはない。あの件についても話せるよ」

「そうですか。では、そこからお願いします。特に訊きたいのは、この一点です。アーミン・ウェストファルなんですが、こんなふうに考えていたふしはないですか――息子がわざと、姉を木から突き落としたと」

椅子に身を沈めてくつろいでいた先生は、つと背すじを伸ばして私を見つめた。答えるまで数秒の間があった。

「まさか。なんだってアーミンが、そんなことを考えなけりゃあならん？」

「娘が落ちるのを見ていたからです。ウェストファルのいたほうからは、葉っぱや枝に隠れてよく見えなかった。だからオービーが――ヘンリーが、姉を大枝から突き落としたように見えた気がした。けれども確信が持てなかったから、言い出せなかった――息子のことだというのを、抜きにできたとしても」

先生はふたたび椅子に背をあずけた。「思い出して考えてみたがね、それはまずないよ。たしかにアーミンは、娘の死に通常の悲しみとは少し異なる反応というか、悲しみに加えて別の反応を見せていた。しかしわしは、きみの言うような解釈はしなかった……いまもそれが正しかったと思っている。アーミンは罪の意識を募らせて、自分を責めているように見えた」

「なぜ自分を責めるんです？」

「理由はふたつある。ひとつは、はしごを不用意に木に立てかけたままにしていたことだ。そんなことをしなければ、子供たちはのぼったりしなかった――できなかったはずだ、となる。まあ、埒《らち》もない話だ。しかし、もうひとつの理由は違う。確率的には非常に低いが、アーミンが娘を死なせた可能性がある――娘を抱きかかえて、家に運び入れたことでな。背骨が折れた者にそんなことをしてはいかん」

「確率って、数字ではどれくらいなんです？」

「最初は相当に怪しいと思った。実は怒鳴りつけてしまったんだ、なんでわしが着く前に、そんなばかなことをしたのかと。だが、庭に出て事故の現場を見たら考えが変わった。アーミンが駆けつけた時点で、おそらくあの子は息絶えていた」

「どうしてです？」

「あの子は塀の上に腰から落ちて、さらに五フィート下の地面に落ちた。塀に激突して背骨が折れた。損傷の状態からそれは明らかだ。だが背骨の骨折はかならずしも致命傷にはならん。折れても生きてる者はおおぜいいる。しかし、だ。折れた脊椎がなかの脊髄を切断したり深く損傷したりすると、即座に死に至る。エリザベスの背骨はひどい折れかたをしていた――想像してみたまえ、十五フィート下の、塀の細い峰《みね》の部分に激突したんだ。それだけの衝撃をすべて背骨の一ヵ所で受け止めれば、即死しない確率は千にひとつだ。しかもその状態で、さらに五フィート下のコンクリートの道路に落ちたんだ。塀にぶつかった瞬間に死ななかったとしても、二度目の落下の衝撃で死なない確率は、これまた千にひとつだ。なにせ背骨に重度の骨折を負っているのだから。まあこれが、きみの求める数字での答えさ。千分の一かける千分の一、つまり百万分の一だ」

「その件はウェストファルに伝えたんですか？」

「いいや。わしもそのころには冷静になっていたのでな。それよりも、アーミンの不安を少しでも取りのぞくほうが先決だった。百万分の一の確率のことで、すでに神経症の傾向のある者に罪の意識を植えつける必要はない。アーミンにはこう言ったよ──あんたが運びこむ前に、娘さんはまちがいなくこと切れていたと。事実上、そのとおりだしな」

「神経症の傾向とはどういうことです？」

白く茂った眉が吊り上がった。「知らんかったかね、アルコール中毒のことを。アーミンについては、すでにある程度知ってると思っていたが」

「いえ、それほどは。いまはじめて知りました。すみませんが、最初から聞かせてもらえませんか？　ウェストファルにはじめて会ったときのことから、なんでもかまわないので」

「いいとも、だが喉が渇いた。冷たいレモネードを持ってくるまで待っててくれ、冷蔵庫に入れてあるんだ。それともビールのほうがいいかね？　ビールも冷えてるよ」

さきほど一杯飲んだが、引き続きビールにしたいと伝えた。

先生は缶ビールを二本持ってきて、もう一度椅子に身をゆだねた。「そうだな、わしはここに住んで二十年になるが、この家を買ってから五年ほどあとに、アーミンが三一四番地に家を建てた。建築中に顔見知りになってね」

「当時すでに、ウェストファルは自分の店を持っていたんですか？」

「いいや、靴下関係の会社のセールスマンだった。商売上手でな、ずいぶんと稼いだらしい。とてもそうは見えんが、優秀な売り手だったんだろう――少なくとも当時は。自宅を建てただけでなく、あのころすでに、独立して商売を始めようと計画していた。

ほかの家族と知り合ったのは、家が完成して引っ越してきてからだ。エイミー――アーミンの妻と、年子の子供たち、エリザベスとヘンリー。そうだな、引っ越してきた当時は三歳と二歳、そのくらいだった。きみはあの子のことをオービーと呼んだね。そのニックネームがついたのは、高校に入ったころだ。ミドルネームのオバダイアから来てる。知ってたかね?」

私はうなずいた。

「そうか。あそこの一家が越してきてから、わしも家内もそれなりにつき合うようになった。親しいというほどじゃないが、ときどきブリッジをやったり。だが、患者として診たことはなかった。一家には以前からのかかりつけの医者がいたし、アーミンはわしのことを、カビの生えた旧弊な医者だと思っていたようだ。

当時からアーミンは大酒飲みだった。アル中とまではいかなくとも、それに近い状態だったろう。心のどこかに葛藤を秘めていたということだろうが、さして親しくなかったから、それがなんなのかは見当もつかん。しかしエリザベスを亡くしてから、その飲みかたは明らかに中毒の様相を呈してきた。アーミンのは断続的なタイプだな。アル中にもいくつかタイプがあるんだよ。何ヵ月も――六ヵ月程度が平均だが、ときには八、九ヵ月も――もの《ヽヽ》に手も触れないかと思えば、突然たががが外れたように飲んで、一、二週間も正気に返らない。三週間という例もあったそうだ。

治療を拒み、療養所にも入ろうとしない。発作的に飲みふけったあと、体調を回復しようと短い静養をとるくらいだ」

「ウェストファルは、いまもそんな状態なんでしょうか?」

「まちがいないな。この前の発作がわずか四、五ヵ月前のことだ。ここ最近は会ってないが、共通の知人から詳しい話を聞いた」

「夫人について教えてもらえませんか?」

「エイミーかね? まあ、いいご婦人だよ。思慮深い知性の持ち主ではないが、はたから見るかぎり、良き妻優しき母だ。けれどもなんというか、優しき母の度が過ぎているようだな。子供を溺愛するあまり、甘やかしてしまっている。ヘンリーが唯一の子供になってからは、かける愛情もふたりぶんだ。しかしそれでも、あの子はまっとうに育ったと思うよ。高校でフットボールのヒーローになったそうじゃないか。母親に甘やかされてもつけ上がったりしなかったのなら、これからも大丈夫だろう」

「ヘンリーに最後に会ったのはいつですか?」

「もう何年も前のことだよ。あの子が小学校四年生か五年生のころだ。ランパート通りから一家が引っ越したあと、あの子には数回しか会ってなくてね」

「引っ越しはいつごろのことです? ご存じなら理由も聞きたいんですが」

「あれは――ううむ、一九四三年だったか。理由についてはいくつかあったようだ。娘があそこで亡くなったから、というだけじゃない。もしもそうなら、事故のあと四年もとどまるわけはないからな。とはいえ、あの家を以前のように好きでいられたわけもない。一九四三年といえば、軍需景気で住宅不足が生じていた年だ。アーミンは六年前の不況のさなかに建てた家を、倍近くの値で売ることができた。その利益を元手に、街で店をひらいたんだ。うまくいっているらしいよ」

「ひとついいですか、先生。エリザベスの死後、ウェストファルの息子への態度に、なにかしらの変化はありましたか？」

先生の目つきが厳しくなった。「さっきの話を、また蒸し返さなければいかんのかね？　ヘンリーがわざと姉を落としたと、アーミンが考えているふしがどうのと――」

「試しに考えてみてるだけですよ」

「そうかね。なら、わしの答えはこうだ。よほど明々白々でなければ、変化があったとしても気づかなかったろうよ。気を配っていたわけではないし、あの父子が一緒にいるところも、それほど見たことがなかったしな。あのころは医者の仕事が忙しかったから、電話にも応じられるよう、アーミン夫婦とのトランプもたいていはうちでやっていたんだ。あの家には住みこみのメイドがいたから、ベビーシッターが帰ったあとのことも心配せずにすんだのでな。

しかしまあ、考えてみればどんなときであれ、あの件以来アーミンがヘンリーとまともに言葉を交わしているのを見た憶えがないな。おそらく息子との接しかたも変わっただろう、だれに対しても変わったからな。あの時を境に、めっきりふさぎこむようになって……はっきりと神経症の症状が出はじめた」

「息子と遊んでやっていたようですか？　どこかへ連れていったり」

「ううむ……そういえばあの事故以来、見た記憶はないが」

「事故前は遊んでやってたんですか？」

「ああ、散歩に連れていったり、庭で遊ばせたり。サム、きみはそのへんの事情について、何か心当たりがあるのかね？　思い出してみればみるほど、アーミンの息子への接しかたはあの事故を境に変わったような気がしてきた。ほかの者に対するよりも、ずっとな。差し支えなければ、なんの件を調べているのか聞かせてくれんか？　むろん、無理にとは言わないが」

「いまはちょっと難しいんです。すみません。いつかは話せるかもしれません、でもいまはちょっと」

「わかった。そういえば、ミリーは最近どうしてる？」

「元気ですよ」私はそれだけ答えた。ミリーの話は避けたかった。そこで庭の話に水を向けた。午後五時。ディナーの約束があるから家に帰って着替えをしなければとの言い訳をでっち上げ、なんとか夕食の誘いを未然に防いで引きあげることができた。

　先生はいい人だ。両親の友人を選ぶ目はまちがっていなかったようだ。すべてが終わったいま、私は真実を先生に打ち明けるべきかどうか迷っている。おそらくそうはしないだろう。そうしたところで何も変わらないし、そうする理由もないのだから。

# 5

またひとりで考えをまとめたくなったので、自分の家に帰った。これ以上おあつらえむきの、孤独に浸れる場所もなかった。だがうかつにも、腹に何も入れず帰ってきてしまった。ここには食べ物が何ひとつない。つまり、どうしてもあとで出かけるはめになるわけだ。まだ空腹は感じないが、遅かれ早かれその道をたどることになる――いったん考えごとを始めたら、中断したくはない。そこで二ブロック先のデリカテッセンへ歩いて行き、ロールパンとサンドイッチ用の肉、それにピクルスを少し買った。酒の類は買わなかった。しらふの状態で頭を整理したかったのだ。

家に戻ると、歩いたおかげで食欲がわいていた。いまならサンドイッチふたつくらい入りそうだ。それらをこしらえて平らげると、地下室からカードテーブルを出してきて、居間のいちばん座り心地のいい椅子の前に足置き台として据えた。両足を上げておくと頭が最大限に働くのだ。

椅子に身を沈め、両足をテーブルに載せる。

おもな可能性はふたつ。これからひとつずつ検討して、どちらが真相に近いかを判断しなければならない。

そのいっぽうだと、オービーは人殺しではないかもしれない。今日の昼過ぎまでは人殺しだと確信していたのだが、さきほど知った事実がまったく新しい思考の道すじをひらいた。

アーミン・ウェストファルは、少なくとも神経症を患っている。アル中の人間は例外なくそうだろうが、おそらくウェストファルの異常ぶりは、その域をはるかに超えているはずだ。五歳の娘が死んだ瞬間から、あの父親は着々と組み立ててきたのかもしれない——わが息子が人殺しであるという妄想を。十三年前に見たと思いこんだもの以外、確かな根拠も何もなく。

もしくは本当に、オービーが姉を突き落とすのを見たのかもしれない。ただしそれは、故意の殺人ではなかった。四歳児による殺人は非常にまれだろうが、四歳児による嘘はまれではない。姉が勝手に落ちたというオービーの説明は、罰をまぬがれるための完全な作り話だった可能性がある。たとえばオービーは、姉のほうが先に木にのぼったと言った。木にのぼるのがいけないことだったとわかれば、そう言いつくろうのは自然なことだろう。残りの話も、身を守るための嘘だったと考えておかしくない。たぶん、姉弟でふざけてつかみ合いでもやったのだろう。ふざけて、ですらないかもしれない。オービーが先にひとりで木にのぼって、いたずらで下にいる姉に何か投げつける。姉は弟を引っぱたこうと、急いで木にのぼって——

そう。そんな事態が起きる状況など何十通りでも考えつく。そんななかでウェストファルは、息子が自分の姉を突き落とすのを目撃したように思いこんだ。あるいは、誤って落とすのを実際に見たのかもしれない。それゆえオービーの説明を嘘だと思い、身を守るための小さな嘘ではなく、許しがたい大嘘だと見なしたのではないか。

はしごを木に立てかけたままにしたこと。塀にぶつかるのを見ていながら、ほぼまちがいなく背骨の折れている娘を興奮にまかせて愚かにも抱き上げ、動かしてしまったこと。それらの罪の意識のうえに、この一件が加わるわけだ。ウィガンド先生がとっさに怒鳴りつけたあと、不安を除いてやろうとなだめたようだが、にもかかわらずウェストファルが、娘の死に自責の念を持ちつづけていたとしたらどうだろう。えてして人の心というものは、神経症の気《け》がなかったとしても、責任逃れ、あるいは責任転嫁のために小ずるい策を講じるものだ。ウェストファルの場合は、責任を息子に転嫁しようとして、息子が人殺しだと徐々に信じこんでいったのではないか。

そういう目で見ているうち、疑念は確信に変わり、確信は妄想に変わっていく。子供なら当たり前の言動のひとつひとつに、妄想の根拠を見いだしていく。おもちゃのピストル。〝バン、バン、くたばりな〟。カウボーイごっこ。お巡《まわ》りさんごっこ。

子供はみんな人殺しだ——空想のなかでは。殺しは呼吸と同じ、悪意とは無縁の当たり前の行為だ。剣にリボルバー、バック・ロジャーズ（SF作品の主人公）の宇宙銃、マシンガンの掃射音。五歳から十歳の男の子で、何千の命を奪わずに生きている者がいるだろうか？　空想の世界ではすべての弾丸が命中し、一撃で相手が死ぬ。ときにはわずか一日で、何千という殺しをなしとげる。バンと撃つたびインディアンが、警官が、泥棒が、敵兵が、火星人がくたばるのだ。家々の子供部屋で繰り広げられる殺戮をすべて合わせたら、世界の生物はわずか一日、宇宙の生物も一週間で殲滅されてしまうことだろう。これは人類の過去からの——生き抜くのに殺しの欲求が不可欠だった時代からの遺産だ。子供は遊びでカタルシスを味わうことによって、殺しの欲求から自己を解放するのだ。

だが悲しいかな、迷妄にとらわれた人間は遊んでいるわが子を見て、いよいよおのれの妄念を固めていくはずだ。あいつはサイコパスの人殺しだ、娘を殺すだけでは飽きたらず、ふたたび殺人を犯すかもしれない。

バン、バン、バン。

では、実際に誰かが死んだときは？　そう、いったん取り憑いた妄想はさほどの養分を必要としない。近隣何マイルかで起きた死亡事故に、少年が関与していた可能性がほんのわずかでも、髪の毛ひとすじほどもあれば、その少年の推定年齢がいくつであろうと、ウェストファルはオービーに暗い疑惑の目を向けてきただろう。ましてや例の高校での事故のように、オービーの犯行でもいちおう理屈の通るケースについては、息子が殺したにちがいないと思いこんだはずだ。

同様にジミー・チョユナツキの件も、事故の詳細さえ知らずに――少なくとも知らされる前から、オービーが殺したのだと決めてかかったのだろう。オービーの財布が死んだ少年のポケットに入っていたことで、身元確認にミスが出たことくらいしか、ウェストファルは知らなかったはずだ。

だがそれを言ったら、私も同じように決めてかかっていたのではないか？　いや、私の場合は、当初は何も疑っていなかった。少しとはいえ事故の詳細を知ったあとも、息子が死んだと聞かされて葬儀屋に入り、生きて家にいると聞かされて出てきたウェストファルの顔を見たあとも、まだ疑っていなかったのだ――ウェストファルの不自然なふるまいに好奇心を動かされ、葬儀屋でヘイリーと話をして、スリの少年の葬儀代を肩代わりした話を聞くまでは。

そもそも、父親の反応がおかしく見えたからこそ、私はオービーを疑うようになったのだ。今日知った事実から考えればおそらく、いや九割がたオービーは無実だと見なせる。私はずっと、パラノイアの妄想に踊らされていたのだ。

いや待て。ではランチスタンドの店員の証言はどうなる？　ジミーの死亡時刻の直前、現場近くにオービーがいたという証言は？

ジミーの死因については、別の解釈もすでに考えついている。とうていあり得ないと思ってそっちは捨てていたが、いま改めて考えてみると、まんざらあり得なくもない。オービーが、財布がなくなったことに気づく。振り向いて、裏手の柵を越えていくジミーを発見し、追いかける。ジミーは逃げようとして、コースターの前を横切ろうとする。

そしていまなら、残りの部分についても想像がつく。オービーが状況説明もせず、死体が発見される前に姿を消した理由。オービーは父親に疑われていることを知っているのだ。ジミーは事故で死んだのだと言っても、自分の証言以外に証拠のひとつもない以上、ほかの人々はともかく、父親が信じてくれるわけがない。そのことを知っていたのだ。それでとっさに逃げ出してから、ジミーがまだ自分の財布を持っていることを思い出し、疑いを持たれないよう忘れ物センターに問い合わせをする必要があると考えた。だが、ほとぼりが冷めるまで、とりあえず数時間待ったのだ。ジミーが身元を証すものを何も持っておらず、身元確認にミスが生じて、自分が死んだとの報せが両親に行くなどとはつゆほども思わずに。

いまならこの解釈は、つじつまが合うように思える。

あとはなんだった？　サウスサイド高校で、三年以内に四人の死者が出た件か？　だがそのうちのひとつ、女子の水泳時間に生徒が溺死した件は、オービーにはほぼ手の下しようがなかったとすでに結論が出ている。さらにもうひとつの溺死事故、コンスタンス・ボナー教諭の一件については、自殺でおそらくまちがいなく、しかも私が想像してきたオービーの殺人のパターンと合致しない。

では、ここ二年以内に操車場で起きた四件の事故は？　なるほど、四件すべてがパターンに合致しているかもしれない。しかしそもそもなぜ、私が尾《つ》けていった晩にオービーが操車場に行ったからといって、オービーの犯行だと考えなければならないのか？　あの夜には、あそこで事故は一件もなかった。そしてオービーがあそこに行った理由については、筋の通った解釈が十通りでも考えられる。夏の暑い夜、散歩の行き先に適当にあそこを選んだだけかもしれない。あの操車場の向こうに目的の場所、たとえば友人の家などがあって、近道のために通ったのかもしれない。ホーボーたちに、殺意とは関係のない興味を抱いているのかもしれない。冒険心から鉄道に関心を持ち、動いている貨物列車に飛び乗るのを無上の喜びとしているのかもしれない。

それで、あとは何が残っている？　ちょっとした偶然で片づかないものなど、何も残っていやしない。

すでに私は、両足を上げて座ってはいなかった。考えはじめたときはそうしていたが、いまはカードテーブルをわきにのけ、居間の端から端まで行ったり来たりしていた。細長くて、こんなふうに歩くには最適の部屋だ。

他方で私は、このようにも考えていた――前よりもいっそう、オービーに不利な証拠を見つけた。オービーが人殺しなら、その理由も察しがつく。

わが友ウィガンド先生が教えてくれた情報は、さらに別方向から見ることもできる。自分の父親に人殺しだと思われていることは、少年にどんな暗い影を落とすだろうか？その方向から、まずは岐路になった地点——エリザベス・ウェストファルの死を見なおしてみよう。とはいえ、その父親が木の上に何を見たにせよ、彼の考えに賛同はできない。四歳児が計画的な殺人を犯したとは、とうてい受け入れがたい。けれども父親の揺るがぬ思いこみから、数年にわたる人格形成期のあいだにだんだんと歪められ、結果的に計画殺人を犯す人間となってしまった少年なら、私にも想像がつく。

仮に、オービーが姉を本当に転落させたとしよう。ふざけてかもしれないし、つかみ合いの喧嘩の末にかもしれないし、姉に押されそうになって身を守るためだったかもしれない。原因がなんであれ、殺意などなかったはずだ。何が起きたかの説明で、オービーはほんの少し、責められない嘘をついた。自分が押したとは怖くて言えなかった。弟は姉を助けようとしたが、助けられなかったのだ。

ところがその後オービーは、父親がその現場を見ていたことを知る。父親は息子のことを人殺しだと思っている。何年経とうがその思いは消えず、むしろ年月が経つごとに強まってくる。具体的には、四歳から十三歳くらいまでか。九年間も人殺しだと思われ、九年間もそんな目で見られ、自分は異常だと思いこまされ——怖れ憎むべき怪物だと信じこまされる。

こうなってくると、オービーは子供時代につきものの、空想の世界での殺しをすることなく育った可能性が出てくる。父親に見られているときは確実に無理だったろう。鬱々と、こちらの一挙手一投足を見張るような父の視線――そんなものにさらされていては、現実の遊び友達はおろか、空想界のインディアンにすら指鉄砲ひとつ向けられまい。ウェストファルはおもちゃのピストルなりゴム製のナイフなり、男の子の世界では当たり前のにせものの武器を、ひとつでも息子に買い与えたことがあっただろうか？

もしもオービーが〝バン、バン、くたばりな〟と言ったり考えたりしたことがあるとすれば、それは秘密裏に行われただろうし、強い罪の意識を伴っていたにちがいない――なぜなら彼にとっては、死も殺人も現実のものだったから。彼はすでに、現実世界で人を殺していた。その結果、空想の世界で敵をなぎ倒し、カタルシスを得る機会を失っていた。

自分が姉を殺した。そう、十一歳から十三歳くらいのあいだには、オービー自身そう信じるようになっていただろう。四歳のころの行為の動機や細かい点を、何年も経ってから正確に思い出せる者などいない。

事故を起こしたのち一、二ヵ月のあいだは、ふざけて押したことを憶えていたかもしれない。そのときでさえ、自信が揺らいでいたかもしれない。では、それから八、九年が経過したら？ そのころには、正しい記憶は誤った記憶にすり替わり、心の奥底に深々と突き刺さって、ほかの解釈などは白々しい嘘っぱちにしか思えなくなっていただろう。

そのような過程でオービーがどれほど父親を怖れ、憎むようになっていったか。しかしながら、その恐怖心や憎悪の念は深く埋めこまれていることだろう――罪悪感と、凶暴な異常者であるという自己認識の奥底に。

ヘンリーは人殺し。名を口にするのもおぞましい。

オービーはヒーロー。オービーはスポーツマン。称賛され、もてはやされる存在。

ヘンリーは人殺し。

オービーはヒーロー。

分裂状態だ。

わかってる、わかってるさ、と私は自分に言い聞かせた。これはただの当て推量だ。こんな座興を披露できるほど、俺は精神分析に通じていない。こんなものはしょせん憶測の域を出ない。しかし、靴でカーペットに溝をこしらえない程度に頭をひねったところで、誰に迷惑をかけるものでもあるまい。

もちろんアーミン・ウェストファルには、それなりに釣り合いをとる相手がいたはずだ。ウィガンド先生は、オービーの母親についてなんと言っていたっけか？


エイミーかね？　まあ、いいご婦人だよ。思慮深い知性の持ち主ではないが、はたから見るかぎり、良き妻優しき母だ。けれどもなんというか、優しき母の度が過ぎているようだな。子供を溺愛するあまり、甘やかしてしまっている。ヘンリーが唯一の子供になってからは、かける愛情もふたりぶんだ……

たしかに、思慮深い知性の持ち主ではないのだろう。夫の精神の変調に気づかず、その妄想の深さを――たとえウェストファルが、どれほど念入りに隠していたとしても――感じとれなかったというのなら。

当然夫人も、息子への夫の態度に物足りなさくらいは感じてきたはずだ。しかしそれには、簡単このうえない解決策がある。夫が愛情を表に出さないなら、自分が息子を二倍愛して、あらゆる手を尽くしてかわいがって、埋め合わせをしてやればいい。そう、もちろんあれがアーミンの本心であるはずがない。それから、ときどきヘンリーがまるで――まるで、お父さんを怖がっているようなそぶりを見せるけれど、お父さんがそばにいるときはとても静かだけれど、あれはああいう子なのだ。アーミンの感情表現は変わっているけれども、心の底では息子を深く愛しているにちがいない。でなければなぜ、あんなにもしょっちゅう熱心に息子のことを見たりするだろうか？　あんなにもあれこれと息子に尋ねたりするだろうか？　たいていは私のいないときだけれど、それはむしろ自然なことだ。男というのは、真剣な話をするとき、女がそばにいるのを嫌がるものだから。私はすばらしい子を授かった――若いうちから身体が大きくて、ハンサムで学校の成績もよくて、みんなの憧れの的だ。夫だって、すばらしい人だ。お酒さえなんとかなればいいのだけど。それから、ときどきおかしなふるまいをするのをやめてくれれば――でも、あんなに一生懸命に働いてくれている、家族のために。

オービーが唯一の子供になってから、夫人はこれでもかと息子を甘やかしたことだろう。エディプス・コンプレックスが頭をもたげたこともあったろうが、母がらみの嫉妬がなくとも、オービーが父親を憎んだのはまちがいない――私の想像が正しければ。

年齢を重ねるにつれ、知恵もつくし背丈も伸びる。現在の体格からいって、十三歳のころには成人男子並みの力を手にしていたはずだ。そのころでも父親に勝てたかもしれないし、十七歳の現在なら楽勝だろう。しかし、それはできない。それだけは、怖くてできない。

オービーが最初の殺人を犯したのは十三歳のときではないか。本人のなかでは、九年前に姉を殺したのは自分だと決まっているのだから、二番目の殺人だ。なぜ十三歳と限定したのか、われながらわからない。早いぶんには、もっと早くてもおかしくない。けれども、オービーが高一のときに死んだふたりの少年が、彼の手にかかって殺されたのだとすれば、遅くてもせいぜい十三、四のはずだ。

最初の犯行は、計画的ではなかったにちがいない。もしかしたら、すべての犯行がそうだったかもしれない――とはいえ、操車場に行ったのは、獲物を物色するのが目的のように見えたが。

オービーが危険な場所、たとえば屋上に、もうひとりの人物と立っている。あたりに人気《ひとけ》はなく、見ている者はいない。その人物は――友人でもいいし、他人でもかまわない――屋上の端近くに、オービーはその背後に立っている。そんなとき、ふいにこんな考えが舞い降りる――ああ、あとほんのひと押しで、簡単に殺すことができる。姉さんを殺したときみたいに。

こめかみで血液が脈打ち、手を伸ばす。押して、殺す。

誰を殺したのか？　もちろん父親だ。殺したくても殺せない、父親の人形《ひとがた》を殺したのだ。何度も何度も、絶対にまちがいのない機会が訪れたら――あるいは、みずからこしらえたら――そのつど殺してきたのだ。

本人はわかっているのだろうか――自分が殺しているのが誰なのか。潜在意識が、その暗い事実を押し隠しているのか？　ひとり殺すたび、荒れ狂うエクスタシーがどこからわき起こってくるのかも知らず、残忍な悦楽に身を浸しているのか？

そうだ、サム。おまえは完璧な解答をふたつ手にした。さて、どちらがお好みだ？

一、オービーが犯している殺人は、パラノイアの父親の妄想である。
二、オービーが犯している殺人は、父親の妄想が招いた現実である。

さあ、目をつむって選ぶといい。

どちらもよさそうじゃないか。

私は、そこいらのものを、片端から窓の外に蹴り出したくなった。どちらとも判断しかねたからだ。おまけに自分自身も蹴り出したくなった。一番目の仮説も可能性としては二番目と同じなのに、そっちを素直に認められない自分がいたからだ。アーミン・ウェストファルに踊らされて、あの男の妄想をつかの間共有していたにすぎなかったと認めたが最後、私はこの件から手を引き、永遠に忘れてしまうことだろう。

そう、認めたら忘れる以外に何もする必要がなくなる。ウェストファルが異常者だったところで、私にはびた一文関係がない。その結果、息子が人殺しになったのでなければ。高校と貨車操車場《ジャングル》で死んだ者たちが、本当に事故で死んだのであれば。ジミー・チョユナツキが本当に、追っ手から逃げようとしてレールの上で転んだのであれば。

だいたい、どうすれば判断できるというのか？　彼らのなかで最近死んだのはチョユナツキ少年だけであり、私はその死について、全力を傾けて探れるだけのことを探り出した。これ以外は数ヵ月前、もしくは数年前に起きたことだ。いまさらそのひとつでも、オービーとのつながりを確かめるすべがあるのだろうか？

待て待て、と自分を押しとどめる。さっきから、オービーの犯行だと証明することにこだわっているようだが、それができないのなら、逆から考えてみたらどうだ？　オービーの犯行ではないという証明なら、あるいはできるかもしれない。

操車場での事故について、発生時にオービーが現場以外にいた証拠を探し出すのは、いまとなっては不可能ではないにせよ、困難をきわめるだろう。ただ、まだ疑いの晴れない三件の学校の事故については、オービーの犯行ではないという証拠が見つかるかもしれない。

まずグリーノー少年のケースについてだが、オービーが突き落とした可能性がゼロと立証できるかどうかは五分五分といったところだ。ニーナの話では、少年が塔の窓から落ちたのは第二グループの昼食時間中とのことだった。サウスサイド高校の授業時間は、四十五分をひと区切りとして八時限に分けられている。約半数の生徒が五時限目、正午から十二時四十五分までのあいだに昼食をとり、残る半数が六時限目、十二時四十五分から一時半までに昼食をとることと、時間割できっちり決められている。でなければ学生食堂がパンクしてしまうからだ。もしもオービーが一年生のとき第一グループに属していて、グリーノー少年が転落した時間に授業を受けていたとしたら？

さらに同年、オービーが最終時限に体育の授業を受けていなかったとしたら、ロッカールームで黒人の少年を殺した可能性も非常に低くなる。とはいえ、もちろんゼロにはならない。最終時限に別の授業を受けたあと、ロッカールームに行くこともできたはずだから、完全なアリバイが得られるわけではない。しかしともあれ、可能性は低くなる。もしかしたら、その日ははじめから学校を休んでいたかもしれない。出席記録を見れば判明するだろう。

コンスタンス・ボナー教諭は十中八九自殺でまちがいない。オービーに三年からの演劇部歴がないことが記録で確認できたら、ほぼ完全に無関係だと証明できるだろう。ミーティング終了後、ボナー教諭が答案の採点で校舎に居残ることを知り得たのは、彼女が見送って帰らせた演劇部員たちだけのはずだから。

ニーナなら、これらのことを学校の記録で調べてくれるだろう。だが、彼女に頼むのは気が進まない。頼めば、私が追っていることの一部なりとも打ち明けないわけにはいかない。そうなると、学校の事故についてあれこれ尋ねた理由も嘘だったことがばれてしまう。ニーナは日付や時刻から、私が三件の死亡事故とオービー・ウェストファルを結びつけようとしていることに気づくだろう。そして先日私が、なにげないふうにこう尋ねたのを思い出すだろう――オービーとジミー・チョユナツキが友達じゃなかっただろうかと。

けれどもニーナに頼む以外、これらを調べるすべを思いつかない。

腕時計に目を落とす。午後九時。今夜は早めにベッドに入って、ゆっくりぐっすり眠りたいと言っていた。しかしいくらなんでも、こんなに早くに寝るわけがない。

電話をかける。呼出し音を聞いているうちに、あれからニーナの気も変わったんじゃないかという気がしてきた。やっぱりうちに来て、一緒に夜を過ごしてほしいと。どのみち三夜連続のあとでは、私もそれほど遅くまで寝かさずにはいられない。

「もしもし」

「ニーナかい。サムだけど。まだ怒ってる？」

「怒ってたわけじゃないわ。ただ……あのときはちょっと、お堅い気持ちになっちゃって」

「いまもそんな気持ち？」

彼女は小さく笑い声を立てた。「いやだ、まさか。電話が来ればいいと思ってたの。今朝あんなばかなことを言ったから、あなたのほうこそ怒ってるんじゃないかと思って。これからうちに来てほしいわ。でも……」

「そんな、嘘だろ」

「本当よ、残念だけど。今日あれが始まったの、二日早く。だから今夜はいい子にして、おとなしく早めにベッドに入るわ」

「でも、いくらなんでも早すぎるだろ？　ぜひともきみに頼みたいことがあるんだ。ふたつあったんだけど、ひとつはいま除外するよ。ちょっとだけ寄っちゃだめかな？　そうだな、三十分くらい。家から電話してるから、二十分くらいで行けるよ」

「やめておいて、サム。本当に疲れきってるの。電話が鳴ったとき、ベッドに入ったところだったのよ。あと三分遅かったら、ぐっすり寝ちゃって電話の音も聞こえなかったわ。どんな頼みかはわからないけど、今日はできないと思う。もう半分、眠ってるみたいなものだもの」

「今夜じゃなくていいんだよ。明日やってもらえるように、説明だけしておきたいんだ」

「電話じゃ話せないこと？」

「その……ちょっとこみ入った話だから」

「だったら、明日にしてくれない？　ねえ、サム」

「わかった」私は折れた。「ベッドに行って、ぐっすりおやすみ」

「おやすみ、サム」

「明日の夜には会える？」

「さっき言ったとおりだけど、それでもかまわないなら」

「よしてくれよ。たったひとつの理由のために、ぼくが会いたがってると思ってるとでも？　だったら、そうじゃないことを証明するチャンスをもらえてうれしいよ。たまにはディナーに連れ出したいんだけど。迎えに行くよ――そうだな、六時半でどう？」

「でも……一緒にいるところを、だれかに見られるかもしれないわ。心配じゃないの？」

「もちろん、かまわないさ。でも、きみのほうは――学校で働いてたら、既婚の男と一緒のところを見られるのはまずいだろうね。この際だから、どこか郊外まで出かけるのは？　ふたりとも知り合いに会う確率が、千にひとつもないくらいの」

「そのほうがよさそうね。そうしたいわ。じゃあ、六時半に待ってる。明日にしてくれてありがとう、あと二、三分で眠っちゃいそうよ。おやすみ」

「おやすみ、ニーナ」

「わたしのこと……少しは本気なの？」

「それ以外に、明日の夕食をごちそうする動機があるかい？」

彼女は笑った。もう一度おやすみのあいさつを交わし、受話器を置いた。

まだ、ちっとも眠くなかった。寝る前に一杯――いや何杯かやりたい。とにかくもう、考えをこねくり回すのは一時中断だ。オービーについての結論を出したいのはやまやまだが、ニーナに学校の資料を調べてきてもらうまで、あと一日は待たねばならない。いっそ一日くらい、すっぱり忘れて過ごすべきかもしれないが。まったく、休暇が聞いてあきれる。

酒を飲みたいだけではなく、誰かと喋りたくてたまらなくなっていた。話題はなんでもいい、ウェストファル家のこと以外なら。

《ヘラルド》の通り向かい、記者のたまり場となっているバーに向かう。いまは木曜の夜だ。同僚たちに、どうして街にいるのか詳しく訊かれる心配はもうあるまい。ただひとこと、湖岸の暮らしは五日で充分だったから、ちょっと早めに帰ってきたと言えばいい。

いつもなら平日の夜九時半ともなれば、バーのそこかしこに顔見知りが何人かずつ固まっているのだ。ところが話し相手が欲しいときにかぎって、ただのひとりも見当たらない。バーテンさえも新人らしく、はじめて見る顔だ。

それでも何杯かビールを呷り、カウンターの隣の男に話しかけた。だが相手は野球の話をしたがり、こちらは野球を解さないため、会話は一方通行になるばかりだった。そのうちビールと野球があいまって、眠気が襲ってきたので家に帰り、午後十一時ごろベッドに入った。そして枕に頭を載せるやいなや、すとんと眠りに落ちた。

# 金曜日

## 1

　夢のなかで、私はプールのそばに立っていた。プールには水ではなく、真っ黒なインクが満ちている。底はもちろん見とおせないのだが、なぜか自分がいるほうが、プールの深いほうだということはわかった。ふちからわずか一フィートのところ。本当は泳げるのに、夢のなかの私はカナヅチだ。誰かが、あるいは何かが、私のうしろに立っている。振り向きたいのに振り向けない。と、背後からささやき声が聞こえる――「こっちを向け」そう言われて振り向く。数フィート離れたところに、若い男、あるいは少年の――スラックスと白のTシャツをまとった、大柄で屈強そうな少年の身体に、狼の頭がくっついた化け物が立っている。狼の頭がささやく。「笑うなよ、おまえの娘をひと呑みにしてやるぜ」やがて狼の頭は虎の頭に変わる。「踵《きびす》を返せ、ディック・ウィッティントンよ」言われるがまま、私はプールの黒々とした深みに向きなおる。どん、と背中を押されて、そのなかに吸いこまれていく――が、その途中で突然目が覚めた。

すっかり目が冴えてしまったので、横になったまま夢のことを考えた。いまのはどういうことだったのか？　別にジプシーの夢占いよろしく意味を判じたいわけでも、フロイト派に追随して、あらゆる夢に性的象徴が存在すると信じたいわけでもない。ただ、狼の頭だけは性的象徴ととれなくもない。オービーの友達が運転していたポンコツ車のラジエーターの飾りを、私の心が拾い上げたのだ。あの飾りには、青くさくはあるが明らかに性的な意味がこめられている。〝笑うなよ、おまえの娘をひと呑みにしてやるぜ〟というフレーズは、狼の頭から容易に連想されるものだ。その言葉は、ポンコツの横っ腹に書かれていた。

　ほかの要素にしても、ほとんどの出どころがたやすくわかった。ただ、ディック・ウィッティントンという名前だけは、どこから出てきたものかわからなかった。たぶん〝踵を返せ〟という言葉から適当に連想しただけだろう。〝踵を返せ、ウィッティントンよ、三度《みたび》ロンドン市長になる者よ〟という、イギリスの古い童謡か何かがあるのだ。

　狼の頭のくっついていた身体はオービーのものだし、虎の頭に変わったことも簡単に説明がつく。私は一度ならず、オービーの隠喩として虎を思いうかべていた。インクは――まあ、新聞関係者にはつきものだ。実際の印刷機のインクは液体ではなく、濃い糊くらいの粘度があり、プールに向いているとはいえないが、夢というものはこうした点にこだわるほど杓子定規なわけではない。

　プールとカナヅチであることと、背中を押されたことは――おそらく自殺だったであろう、コンスタンス・ボナー教諭の死亡事故から拾い上げてきたのだ。プールの深いほう《ディープエンド》――オービーが教諭をプールに突き落として殺したのなら、きっとその場所を選んだはずだ。もしくは私の潜在意識が、こんなふうに告げているのかもしれない——おまえこそ身を投げたかのように、ことの深み《ディープエンド》にみずから呑みこまれつつあるではないかと。あの夢でそれを伝えたかったのなら、わが潜在意識はまったく慧眼《けいがん》といわざるを得ない。

いっぽう、目覚めてみると、わが身体はそれとは別のことを告げていた。ゆうべはビールを飲みすぎた、寝なおす前に用を足したほうがいい、と。

起き上がってバスルームに行き、戻ってベッドに横たわったものの、どうにも眠れない。ひとつには、ニーナのことが頭から離れなかったからだ。今夜一緒にいられたらよかったのに——たとえ彼女が言ったような状況でも。私は彼女を愛しているのだろうか。ミリーと別れたら、彼女と結婚したいのだろうか。私はミリーと別れたいのか、それとも根っこの部分ではまだミリーを愛していて、ニーナとのことはやはり遊びにすぎず、いまは楽しくても、大切だったり長続きしたりするような関係ではないのか。

くそっ、やめだ、いまは結論を出したくない。考えることもしたくない。いまはただ、無理に答えを追うのではなく、のらりくらりと成り行きを見守って、自然に心が決まるのを待ちたいのだ。それにミリーが戻ってきたら、あっちの答えも聞かなければならない。もしも、ミリーがもう一度夫婦の真似ごとをやってみたいというのなら、公正を期すために、私もやってみなければならない。ニーナへの愛のほうが大きいと結論を出してしまったあとで、そんなことを試すのはフェアではないだろう。また、ニーナを愛していないといま結論を出してしまったら、今度はニーナへの公正を期すために、すぐに関係を終わらせなければならない。ニーナを深入りさせて(すでにしているかもしれないが)傷つけてしまう前に。そして私は、関係を終わらせたくはない。

一夫一婦を強いる社会などくそくらえだ、と思った。

同じ考えがぐるぐると回る。編集室の天井近くを飛びまわっていたウマバエのように。あれは先週土曜のことだ。まだ一週間も経っていない。もうずいぶん昔のことに思える。あのウマバエを眺めていたときには、オービー・ウェストファルやジミー・チョユナツキの名前も耳にしたことがなかった。ニーナにはずっと会っておらず、存在すら忘れかけたところだった。今週彼女と関係を持つなんて、もちろん考えもしなかった。今週はラフラム湖で釣りとハンティングに興じ、ポーカーにふけるはずだったのだ。

ミリーはいまも、私が湖にいると思っていることだろう。違うよミリー、僕はここだ、君と一緒に楽しい時を過ごしたベッドに、たったひとりで寝ているんだ。そして君のことを考えながら、同時に別の女のことも考えてる。その女と、今夜一緒にいられたらよかったのにと思ってる。けれども、だからといってここには入れてないよ、僕たちがずっと過ごしてきたベッドには。人間のやましさとか、感傷とかいうものはおかしなもんだね。場所がどうとか、という問題でもあるまいに。

なあ、ミリー。このどっちつかずの一週間、君は婚外交渉を試してみたかい?

ミリーがほかの男と一緒にいるところを想像しようとして、すぐに後悔した。考えただけでも胸が痛む。自分勝手すぎてうんざりだ、何もかももう、眠れないのもうんざりだ。眠れないのは、もうほんとにうんざりだ。

　夢から覚めたとき、ベッドわきの時計の光る文字盤は午前二時を示していた。いまは三時十分。三時間しか寝ていないのに、一時間十分も起きている。しかも時が経つにつれ、ますます目が冴えてくる。

　もしかしたら、ニーナもちょうどいま目を覚まして、あれこれ思いをめぐらしているのではないだろうか？

　もしかしたら、ミリーも？

　午前三時十六分。そういえば、ミリーはときおり軽い不眠を訴えて、医者に処方してもらったカプセルを服《の》んでいた。ドルミソン（当時不眠治療に用いられた薬品）だったか。ミーナはあのカプセルの瓶を持っていっただろうか。それとも、いつも置いている薬棚の上に置いたままだろうか？　身を起こし、煙草を一本つけてふたたびバスルームへ向かう。ドルミソンはなかった。ミリーは瓶を持っていったのだ。

　ハンマーで頭を殴ったほうが早いかもしれない。棍棒でもいいが、棍棒など持っていない。温めたミルクも効きそうだが、ミルクもない。ならばもっとビールを——ビールもこの家にはない。そもそも飲み物が何もない。しかも——いや、食べ物ならある。デリカテッセンで買ったロールパンがふたつと、サンドイッチ用の肉の残りが少し。主《しゅ》のささやかな恵みに感謝だ。

　一階に下り、サンドイッチを作り、食べた。前よりもさらに目が冴えた。ミリーのやつ、睡眠薬を全部持っていかなくても、二、三粒くらい残しておけばいいのに。しかし私が今週家にいるなど、ミリーのあずかり知らぬことだ。しかも私は、ずっと不眠とは無縁だったのだ。

　そう、これまでは。ナイトクラブのMCの、客をくすぐる前口上みたいだ。MCという生き物は、クラブに来る途中それはいろんなことに出くわして、皆さまに話のタネを提供するものなのに、あいにく私はそんな面白いこととは無縁でした――そう、今夜までは。

　もしかしたら、あるいはひょっとすると、ニーナもいまごろ眠れずにいるかもしれない。なぜ俺はテレパスじゃないのか？　テレパシーが使えればわかるのに。彼女のベッドで、あの身体に腕を回して、ぴったり身体を寄せれば眠れるかもしれない――彼女だって眠れるかもしれない。けれどもおそらく、ニーナは眠っているだろう。世界のこちら側にいる人間は、私以外全員眠っているのだろう。世界のあちら側は真っ昼間で、中国人は全員起きているけれども、こちら側で起きているのは私だけだ。ひとり寂しく目を覚ましているのだ。

　煙草を置いてきてしまったので二階に戻った。また一本つけて、ベッドの端に腰かける。吸いおわったら、また横になって目をつむろう。現在、午前三時五十分。睡眠不足を解消する予定の夜に三時間しか寝ておらず、もう二時間近くも起きている。いやいや、これから寝なおせば大丈夫だ。朝は寝たいだけ寝ていても、なんの問題もないのだから。

　そう思えば救われる。そうだ、救われる点を探そう。

　救われるだって？　どうせこのまま、今夜は眠れまい。ほつれもつれた懊悩《おうのう》の細糸《スリーブ》を、編みつくろってくれる眠り《スリープ》はもう訪れないのだ（『マクベス』第二幕第二場より）。片方きりの袖が、どんなふうにもつれるのかは知らないが。

煙草を吸いおえ、明かりを消した。ベッドに寝そべったものの、目はらんらんと冴えている。考えがウマバエのように旋回する。ミリーからニーナへ、ニーナからミリーへ、ぐるぐるぐるぐる同じところを。ふたりのことを考えるのは嫌だ、答えが出てしまいそうだから——答えなんて欲しくない。

けれども、オービーについての答えは欲しい。ではなぜ、オービーのことを考える気になれないのか？　きっと、ゆうべとことんまで考えぬいたからだろう。私はふたつの仮説を立てた。あのふたつしか考えられなかった。そしてその両方を、摑んだ情報に照らして、可能なかぎり発展させた。いやむしろ、発展させすぎたかもしれない。当て推量の類もたっぷり混ぜた。いまオービーのことを考えても、前の考えをなぞるだけになるだろう。もう一度ウマバエが飛びまわるだけだ、頭のなかの別の部屋を。

もっと情報が手に入るまで、あのふたつから答えを選ぼうとしても無駄だ。もっと情報が手に入るのだ、ニーナが調べてきてくれれば——

次の瞬間、私は胸のうちで毒づいた。ずっと気づいていなかったことに気づいたのだ。明日は(正確には今日だが)金曜日、今週最後の授業日だ。明日のうちに学校の記録を調べてきてもらえなかったら、月曜まで無理だろう。いまから三日後——休暇が終わってしまう。

三日の損失。しかも、完全に自由になるのはこの三日間しかない。それが過ぎれば仕事に戻らなければならないし、おそらくミリーも帰ってくる——少なくとも当分のあいだは。四六時中、自分の直感を――あるいは妄想を――追いまわせるのは、この三日間しかないのだ。

まだ間に合う、朝は早起きして――いや、もうずっと起きていたほうがいい。そしてニーナと朝食をとって、そのときに説明しよう。

しかし話すにはあまりにもこみ入った、デリケートな問題だ。ほかの件についても、ずっと嘘をついていたことを認めないわけにはいかない。学校の事故になぜ関心を持ったのか、なぜチョユナツキ家のことをあれこれ尋ねたのか。

待て、朝食のときだって？　今日、いや昨日の朝食の際に何が起きたか思い出してみろ。今夜ひとりで眠る（眠ってもいないが）はめになったのは、あのときひと悶着あったせいではないか。だめだ。朝食のとき、ニーナに説明するなどごめんだ。オービー・ウェストファルの授業の時間割から、殺人のアリバイが得られるかどうか確かめたい、その理由は――だなどと。もっと言えば、いつであろうと嫌なのだ。説明したあげく、だましつづけていたことを認めなければならないのは。

だったらいっそ、自分で情報を入手したらどうだ？　いますぐに。

あそこの校舎に夜警はいない。コンスタンス・ボナーの死体を発見したのは巡回中の警官だったというニーナの話が、そのことを裏づけている。しかも連中は、明かりがついていたから調べに入ったのだ。生徒の資料を収めたキャビネットの位置は――私が通学していたころと変わっていなければ――わかっている。どこの窓からも近くない。手持ちのペンライトを使えば、外から見つかるおそれはない。入るには窓を割るなりバールでこじ開けるなりしなければならないだろうが、あそこに警報装置の類はない、絶対に。そのうえ、内部の構造もわかっている。

ふざけているのか？　比較的危険もなさそう、簡単そうだからって、俺に空き巣を働くくそ度胸があるというのか？　何も盗むつもりはないのだから、まあ正しくは建造物侵入だが。

時計を見た。午前四時十分。日の出まではあと一時間半ほどだろう。十分あれば着替えをすませ、それから二十分で到着できる。すべては、貴重な三日の時間を無駄にしないためだ。

まだ自分自身、ふざけているのかどうかわからなかった。ただ私はベッドから出て、着替えをすませた――手早く。十分足らずで車に乗りこんだ。この時間、通りはどこも無人だった。スピードを出さなくても、わずか十五分で目的の場所についた。

いったん通りすぎて校舎が真っ暗であることを確かめ、一ブロック半先に停めた。家を出るときに集めた物を確認した。ペンライト一本、ガラスを割る場合に備えてのぼろ切れひと掴み、それに小型のバール一本。バールは持ち運びが面倒だったが、その問題には解決がついた。片端が曲がっているから、ズボンのなかに入れて、その端っこをベルトに引っかけたのだ。上着のボタンをかけてしまえば、見た目にはわからない。ただし、歩くたびに膝のすぐ上にぶつかるのは、あまり愉快ではなかった。

徒歩で校舎まで戻る。人っ子ひとり、車一台見なかった。周囲をよく見まわし、耳をすませて車が来ていないことを確かめると、さっと曲がって芝生を横切り、校舎の西側の木立と生け垣の陰に身をひそめる。絶好の隠れ場所だ。さえぎる物はあるし、窓の位置もいい。こちら側のいちばん下の窓はちょうど地面の高さに並んでいるし、通りから窓はまったく見えない。あそこまで見られずにたどりつければ、きっとうまくやれるだろう。

数分のあいだそこにとどまり、絶対に大丈夫だと自分に言い聞かせつつ、暗闇に目を慣らす。あたりは完全な闇ではなかった。空は早くも灰色に染まりつつある。

だいぶ目が慣れてきたところで動きはじめた。真ん中近くの窓を開けることにする。ガラスを割ったら、眠りの浅い者や不眠症の人間が音を聞きつけるかもしれないが、ここならば周囲の住宅からいちばん距離をとれる。

しかし、校舎の真ん中まで行く手間も、ガラスを割る手間も省けた。ついている。うっかり者が窓をひとつ開けっぱなしにしていた。

身をかがめてそこをくぐり抜け、その場にさらに——なぜかはわからないが——数分間とどまった。その後、片手でペンライトの明かりを隠しながら、侵入した教室を抜けて廊下に出た。どこをどう行けばいいかはわかっている。一度曲がり、真ん中の階段を上がったら、真正面が事務室だ。

資料のキャビネットは、以前と同じところ——窓から離れた、死角になっている部屋の隅にあった。これならペンライトを使えそうだ。だがいちおう、用心はしなければ。万が一にも通りから見られてはならない。資料がどう並べてあるのかはわからないが、一九五三と書かれた引出しを見つけた。いまは一九五二年の夏だから、この数字は一九五三年度卒業生、つまりオービーの学年を意味するにちがいない。開けてみた。ずばりだ。引出し内のホルダーにはそれぞれ名前がついていて、アルファベット順に並べてある。Wのホルダーのなかに、ウェストファル、ヘンリー・Oと書かれたものがあった。それを、さらに安全そうな奥の隅っこに持っていき、床の上に置いてひらいた。入学から三年間のオービーの時間割、成績表、履修単位一覧、それに出席記録が出てきた。あとのいくつかの書類は、私には用のなさそうなものだ。望みどおり、欲しかった情報が入手できた。ただ、課外活動――部活動の記録は見当たらない。と、ここで思い出した。学校年鑑に載っているはずだ。年鑑は――以前は本棚にきちんと一列に、年代順に並べられていた。この事務室の、向こうの壁ぎわに。オービーの資料をキャビネットに戻し、引出しを閉める。

本棚のある――以前あった場所に行ってみた。別の壁ぎわに移されていたが、それはまだ健在だった。一九五二年度の年鑑を見つけてページを繰る。二ページが演劇部にさかれていた。私はその二ページの隅々まで目を通し、年鑑を本棚に戻すと、来た道を引き返した。

いまや空は、いちめん灰色になっていた。

学校から一ブロック離れたところで、パトカーが私をのろのろと追い抜いた。なかには警官がふたり。運転していないほう、こちら側に座っているほうが追い抜きざまに私を見た。午前五時の通行人とはいえ、不審な点は見当たらなかったのだろう、そのまま通りすぎていった。

ところが半ブロック先で、そのパトカーは道路わきに停まった。私が停めておいた、老いぼれビュイックの手前に。このまま歩を進めなければだめだ、すでに姿は見られている。ここで回れ右したら、つかまえて職務質問してくださいと言っているようなものだ。だから足を止めずに、ビュイックに向かった。使う用事のなかったバールが、一歩ごとに脚にぶつかる。

警官のひとりはまだ、目の前に停まっているパトカーのなかにいた。もうひとりは片足を私の車のフロントバンパーに載っけて切符を切っていた。書く手を止め、近づいた私を睨《ね》め上げる。

「おたくの車か？」

私はうなずいた。

「がら空きで、どこでも停めほうだいの場所だ。なのにわざわざ、消火栓のど真ん前に停めるかね。酔ってんのか？」

改めて見てみると、消火栓の前に駐車していた。おのれの馬鹿さ加減に笑いたくなる。ひとまず恐怖心を抑えつけて、「いや、酔ってはいませんよ。しかし、ぼくがここに停めたのはまちがいなさそうだ。これじゃあ、切符を切られてもしょうがないな」

ここは文句を言っておくべきだった。文句のひとつも垂れなければ、警官にはかえって怪しまれる。

相手の目が険しくなった。「どこ行ってたんだ？　こんな時間に」

もうひとりもパトカーから降りて、加勢に入るべく近づいてきた。ズボンの右脚にさげてあるバールが一トンの重さに感じられ、一マイル先からでも見つかるような気がした。だが私の脳みそは、まだ活動を続けていた。

「友達を訪問してましてね」答えながら、残りの言い訳を組み立てる。

「一ブロック近く向こうで、歩いてるおたくを追い抜いたんだがな。その友達の家はどこだ？なんだって、そこん家《ち》の前に停めなかった？」

言おうか言うまいか迷っているとばかりに、深呼吸してみせる。それからおもむろに口をひらいた。「わざと一ブロック以上空けて停めたんですよ、お巡りさん。こんな時間に帰るのも、まあ同じ理由からです。彼女のご近所さんに見られたくないんで、寝しずまってるうちにね」

「免許証見せて」

私は感謝しつつ、ポケットに手を伸ばした。このふたりが武器を――このいまいましいバールを見つけるつもりで身体を探ってきたら、ポケットの財布に指が触れる前に発見されていたはずだ。だがもう大丈夫だ。これで泥棒などではなく、まっとうな一市民だと示すことができる。バールが発見されていたら、説明するのは骨だったにちがいない。私は運転免許証を財布から抜き出すかわりに、ひらいた財布をそのまま渡した。こうすれば片側のセルロイドの窓から免許証が、反対側の窓から記者証が見える。

降りてきたばかりの警官が、もうひとりの背後から覗きこんだ。「記者だ。やめとけ、ハンク。切符なんか切ったら、やり返されるぞ。放っておけ」

「しませんよ、今回は」私は言った。「がら空きのブロックで、夜中に消火栓の真ん前に駐車してたって、ジョー・スタイナー署長に白状したいとでも？　それで来年までからかわれつづけろっていうんですか？　今回は払っときますよ、切符を切るっていうんなら」

最初の警官がふたたび足をバンパーに載せ、ペンを構えた。「ああ、お望みとあらばな」

ふたり目が止めた。「ああ、ばか。いいから、目をつむってやれ。停めたときは相当パンツを熱くしてたんだろ。消火栓なんか見てるもんか」

ひとり目はバンパーから足を下ろし、切符の綴りをポケットにしまった。「ふん、しょうがないな。だが次は気をつけろよ」

私は言った。「どうも。よかったら、名前を教えてもらえませんか？　もし記事に出てくることがあったら、綴りが正しいかくらいは見てあげますよ」

ふたりは名前とその綴りを言い、私と少しばかり世間話をした。そしてパトカーに乗りこみ、走り去った。

ビュイックのハンドルの前に座り、明かりをつけてエンジンをかけた。が、発進する前に、身体の震えが収まるのを待とうと思った。バールを抜き出し、手を伸ばしてうしろの座席の床に置く。もう一生、バールなんて代物は見たくもない。

それにしても、こいつを使わずにすんで本当によかった！　窓をこじ開けていたら、明日には高校に盗難届を出されていただろう。そうなったら担当はさっきの連中だから、盗難届を受け取って、まっとうな一市民だったはずの私が車に戻ってきた時刻を思い出し、もっといろいろ尋ねてみようと考えなおすはずだ。いや、隠しとおせないわけではない、たとえスタイナー署長が相手でも。さっきの言い訳を押しとおし、アリバイ確保のためにでっち上げた友達の名前は、かたくなに明かすのを拒めばいい。けれどもそれをやってしまったら、署での私の評判は芳《かんば》しからぬものになっていただろう。しかし、現実にはすべてがうまくいった。学校にあったものはひとつ残らず元どおりにしてきた。盗難届を出されるおそれはない。

ほかに行くところもないから、車を家に向けた。浴びるほど飲みたい気分だが、家に酒はなく、かといって五時に酒を売ってくれる店もない。もちろん今度は酒屋に押しこむこともできる。でもまあ、いまは遠慮しておこう。いずれまたそのうちに、だ。

家に着くころには、あたりが明るくなりかけていた。

ともあれ、これで知りたいことは探り出した。ニーナにも打ち明けずにすんだ。オービーの資料と昨年度の年鑑は、知りたかった三つの事実を教えてくれた。違う結果ならよかったのに、と思った。三つの死亡事故のうち、仮にふたつでもオービーのアリバイを見つけられていたら、すべてなかったことにして忘れてしまえたかもしれない。だが、そうは問屋がおろさなかった。

オービーは一年のとき、五時限目に代数の授業をとっていた。つまり昼食時間は第二グループに属していたということだ。塔の窓からウィルバー・グリーノーを突き落とした可能性は消えない。またオービーは、体育館のロッカールームで死んでいた黒人の少年と同じ時間、体育の授業をとっていた。

そして、オービーは演劇部に所属していた。しかも花形部員だったにちがいない。昨年度の学校年鑑の演劇部にさかれた二ページに、上演した舞台三つの場面のいくつかと、配役リストが載っていた。オービーはそのうちのひとつで主役を、残るふたつで脇役を務めていた。彼がコンスタンス・ボナーの死の直前のミーティングに参加し、教諭が校舎にひとりで居残ると知っていた可能性は大いにあった。

演劇のひとつはシェークスピアの『オセロー』で、オービーが演じたのはイアーゴーだった。殺人者イアーゴー。おのれの悪党ぶりを自覚し、ひそかにその悪辣さと、それを隠しおおせる切れ者ぶりを誇りにしていた、文学史上孤高の悪党。オービー自身がその役を選んだのだろうか?

私は年鑑の巻末にある教員欄もひらいて、コンスタンス・ボナーの写真を見た。写真は細くて品のいい黒枠で縁取られ、死亡した日付もあった。〝一九五二年一月二十四日逝去〟と。事故死か自殺か、他殺なのかまでは書かれていなかった。

オービーは、三人全員を殺すことができた。

了解、サム・エヴァンズ、今度はなんだ？　ここからお前は、どこに向かうんだ？

2

眠くなく、することもない午前五時半は最悪の時間だ。生まれてこのかた、こんなに目が冴えていたことはない。ベッドにもぐりこんでも、絶対に無駄だろう。

かといって、ほかのことをしても埒《らち》が明きそうにない。特に考えごとはもう無理だ。時間つぶしに読書、というのもだめだった。やってはみたものの、二行も集中できなかった。

途方に暮れてしばらく家のなかをうろついてから、もう少しましなことをしようと思い、家の整頓を始めた。使った皿とコップを洗い、ベッドを整え、埃の見えた場所をきれいにする。すべて終えるころには、陽がすっかりのぼっていた。そういえば、と私は思い出した。去年の冬に地下室の石炭入れが壊れたんだった。秋に石炭を買い足す前に、いずれ修理しておかなければと考えていたのだ。その〝いずれ〟は、いまだっていいわけだ。作業用の古着に着替えかけたところで、ふと思った——おいおい、古着だからって、わざわざ炭の粉まみれにすることもないだろう。

私は、靴を履いたきりで地下室へ下りた。石炭入れの修繕には理想的なコスチュームだ。予想よりもはるかに骨が折れ、終わるころには午前十時近くになっていた。目に余る汚れだけは地下室の蛇口で落とし、バスルームに直行して、湯を張るあいだにひげを剃った。

湯に浸かる。いい気持ちだった。バスタブのふちに頭をもたせかけてくつろぐ。気がつくと、湯は冷めて正午のサイレンが鳴っていた。身体を拭いて服を着る。何時間か寝なおすこともできただろう。猛烈に腹が減っていて、家のなかに食べ物が何もないのでなければ。

うまいレストランに行って、たらふく腹に詰めこんだ。店を出てみると、昼下がりの陽ざしがきらきらとまぶしかった。すると、まぶしいほどの考えがひらめいた。市から71号線をわずか十二マイル行ったところに、ささやかな私有の湖がある。ボートや竿など釣り用具一式を借りられる、かなりいい釣り場だ。ずっとぐるぐる考えてきたこと、頭を悩ませてきたことから逃れて、半日くらい釣りを楽しんだらどうだ？　午後は釣り向きの時間とはいえないが、数匹くらいは釣れるだろう。釣れなかったとしても、それはそれでかまわない。

ビュイックに乗りこみ、市を出て71号線を西に向かった。

が、市境を越えて一マイルかそこらで、もしやと思っていたことが確信に変わってきた——尾《つ》けられている。ポンコツの車に。

尾行になど注意していなかった。夢にも思っていなかった。しかしそのポンコツの存在には——例の屋根のない、ラジエーターに狼の頭がくっついたのではなく、一九三〇年型くらいのハードトップクーペだ——市内にいるうちから気づいていた。赤信号すれすれで交差点を通過したとき、警察車両がうしろにいなかったかとバックミラーを覗きこんだ。警察は見当たらなかったけれども、そのポンコツがこっちよりもさらに危険なすべりこみをしてくるのが目に入ったのだ。その後もポンコツは追いかけてきた。市内の混雑を抜けてからは少し離れたものの、こちらが試しにほかの車を追い抜くと、私の車だけは抜かずについてくる。出方を見ようとかなり速度を落としてみたが、やはり一定の距離を保ったまま、近づいてこようとしなかった。

うまい尾行だ。赤信号の一件がなければおそらく気づかなかっただろう。

いささか怖くなってきた。オービーか？　自分の車は持っていないようだったが、友達から借りたのかもしれない――あのポンコツは、いかにも高校生が好んで乗りそうな車だ。しかしなぜ、オービーが尾《つ》けてくる？　記憶をたどってみても、私が関心を持ったことをあちらに気取《けど》られる理由は思いあたらない。私がオービーについて尋ねた人数はけっして多くない。本人に近しい人物など、私のことを喋りそうな人間には、オービーの名前すら出していない。

ウィガンド先生は？　先生にはあと少しで、誰に話したよりも正直に打ち明けてしまうところだった。しかし私がいろいろ尋ねに来たなどと、先生がオービーに言うわけがない。アーミン・ウェストファルにすら、言うとは考えられない。先生は口の堅い人なのだ。同じクラスだったグレース・スミスだけは、オービーに心情的に寄り添っているかもしれない。けれども彼女に質問したのは、オービーがジェットコースター事故の被害者だと誰もが信じていたときのことだ。私の質問は、記者として自然な範囲に収まっていたはずだ。

だが、ほかの誰がポンコツ車で尾《つ》けてくるというのか？　警察や探偵が、あんなに目立つおんぼろを尾行に使うわけがない。

この距離からわかることはただひとつ。あの車にはひとりしか――運転している人間しか乗っていない。

思いきって正体を突き止めてやろうか？　その覚悟はできているが、やるならこんながらがらの幹線道路ではなく、周りに人のいる町なかのほうがいい。一、二マイルばかり先に行けば、広い本通りのあるバーンズヴィルという町に入るから、そこでUターンをしよう。一定のスピードで走りつづけると、ポンコツも一定の距離を保ってついてきた。町に入ると、ポンコツは少し距離をとった。

バーンズヴィルの商業地区に着く前、私はひと芝居打った。車を道路の片側に寄せて速度をゆるめ、番地を見るふりをする。注意してそっぽを向きつづけていたけれども、ポンコツはこちらを抜いてはいかなかった。

一軒の家の前に停め、降りてみる。車のドアを閉めるとき、なにげなく後方をうかがった。ポンコツは半ブロックほどうしろに停まっている。運転席の人間の顔を判別するにも、ナンバープレートを見るにもまだ遠すぎる。

ふと、いいやり口を思いついた。最初に見まちがえたふうを装い、もう一度番地を見る。いったん車に戻りかけてから、いや乗るまでもない、徒歩で正しい番地に向かおうと思いなおす。そうして、左側に並んだ家の番地をひとつひとつ覗いていくふりをしつつ、ポンコツのほうに歩を進める。向かっている方角がほぼ一定だからこそ可能な芸当だが、左の家々に目をやりながらでも、ポンコツの様子は見てとれた。これなら向こうが動く前に、顔とナンバーを確認できるはずだ。

　ところが私の立ち回りが下手くそだったのか、想像よりもあちらが賢かったのか、ポンコツはエンジンをかけたままにしていた。こちらが十歩も行かないうちに急発進をかけ、歩道に乗り上げてUターンすると、来た道をいっさんに走り去った。

　こちらも車に戻って発進させたが、そのあいだにずいぶん引き離されたにちがいない。私はエンジンをかけっぱなしにしておくほど賢くはなかった。そのうえ折しも交通の往来が激しくなり、Uターンをかけようにも一、二分待たねばならなかった――あまりにも長い時間だ。出せるかぎりのスピードで市に引き返したが、問題の車は見つからなかった。おそらく抜け目なく、バーンズヴィルを出たあたりで脇道に入ったのだろう。あるいはあのポンコツは高速改造車《ホットロッド》で、単純に速力でこちらを置き去りにしたのかもしれない。

　ともかく、やれることはまだある。オービーが自宅にいるかどうかを確かめるのだ。車を停めてドラッグストアに入り、電話ボックスからウェストファル家に電話を入れた。女の声が応答した。オービーが在宅かどうか尋ねる。

「お待ちください」

　私は確信が欲しかった。声の主はオービーが留守なのに、家のどこかにいると勘違いしているかもしれない。ややあって、オービーの声が聞こえてきた。「もしもし」この声には憶えがある。おととい駅で友人たちと喋っているのを聞いた。しかし私の声はまだ聞かれていないし、聞かせたくもない。こちらから電話を切りたくもない。そのまま待っていると、向こうはさらに何度か「もしもし」と繰り返したのち、受話器を置いた。

私を尾《つ》けてきたポンコツを運転していたのは、オービーではなかった。ウェストファル家は市の反対側、ここからたっぷり五マイルはある。こちらが五マイル追いかけたあいだに、時速百二十マイル以上でぶっ飛ばしでもしなければ、十マイル先には行けっこない。十マイルといっても、うち五マイルは市街地を抜けていかなければならないからだ。お話にならないスピードだ。

引き返して71号線に乗り、市を出て私有の湖に行き、午後いっぱい釣りに費やした。けれども、それほどは楽しめなかった。あの車の謎が解けず、心に引っかかりつづけていた。ただの勘違いだ、近づいたとたんにあっちがUターンして逃げたように見えたのは、何かの偶然だと自分に言い聞かせた。しかし、偶然などではなかったことは身にしみてよくわかっている。

釣果《ちょうか》はカワカマス三匹だった。だが、ニーナとのディナーに備えて着替えるためにいったん帰宅した際、近所にすべてやってしまった。魚を持ってニーナを訪ねたりしたら、料理すると言い張るかもしれない。今夜はなんとしても外食に連れ出したいし、その件で言い合いはしたくない。

家を出て、ニーナのマンションに車を向ける。ポンコツもほかの車も、追ってきてはいなかった。さっき尾《つ》けてきたのが誰であれ、もう一度私を追跡したいと思ったら、自宅近くで張っていたはずだ。

## 3

数分早く着いたけれども、ニーナの身支度は奇跡的に整っていた。彼女は美しかった。ボディペイントのように身体にフィットした、シルクのディナードレス姿。ドレスの純白に、オリーブがかった肌と濃茶の髪、鳶《とび》色の瞳がよく映える。

私はニーナにキスをした。もう何週間もしていなかったような、ずっと心に穴が開いていたような心地がした。彼女も私にしがみつき、唇をむさぼった。ややあって顔を離したが、両腕は私の首に絡みついたままで、こちらを見つめる瞳はわずかに潤んでいた。

「来てくれてうれしいわ、サム」

「ぼくもだよ」

「もう時間は、あまりないのかしら？」

彼女の言いたいことがわかると、ふいにこう答えたい衝動が突き上げてきた――時間はたっぷりあるよ、君を心から愛しているから、と。しかしそれは、果たして本当のことだろうか？　だから口にすることはできなかった。

「わからない」と言うしかなかった。「わかっているのは、いまこの瞬間、きみを愛していることだけだ」

ニーナは微笑んだ。「そう、ありがとう。ごめんなさい……あまり本気にしないで。ずっと楽しかったわ」

「まだ楽しいよ」と私は言った。「別れの言葉みたいなのはよしてほしいな」けれども私は考えていた。いまは金曜の夜だ。あさってにはミリーが帰ってくるだろう。その後はどうなるというのか？


ひとつだけははっきりしていた。ミリーと暮らしながら、こっそりニーナに会いつづけることはない。どちらとにしろ、すっぱり別れなければ。


ニーナは私から離れた。「出発する前に、一杯飲みましょう。マティーニはどう？」

「いいね。好きだよ」

「わたしと同じくらい？」軽い声音だった。

「同じくらいにはね」

「了解。氷を出して。残りは支度するから」


マティーニは最高だった。ソファに並んで腰を下ろし、飲みながら彼女の肩に腕を回す。そこが定位置であるかのように自然な流れで。実際、定位置にはちがいない。カクテルを飲むには片手一本で足りるし、目の前にグラスを置けるコーヒーテーブルがあれば、それすら常時必要というわけではない。

飲みおえてから車で〈クラブ・シーザー〉に向かった。こぢんまりとした、かなり値の張る店だと聞く。しかしいくらなんでも、ひと晩くらいの出費には耐えられるだろう。料金が高いことにはひとつ利点がある。知り合いがいる可能性がほとんどないことだ。事実、知り合いにはひとりも出くわさなかった。

ふたたびカクテルを交わし、すばらしいディナーを味わった。本当にうまかった。メインはTボーンステーキだった。そんなことはどうでもいいかもしれないが、そのときの私には重要事項だった——ステーキが来たときには餓死寸前だったから。

ディナーのあとはダンスだ。音楽はけたたましいオーケストラではなく、ピアノソロだった。ピアニストも上等なら、ピアノも上等、それに音楽も上等だった。テーブルについて話したくなったときも、会話のさまたげにならない。私たちは、時間の半分ほどを語り合って過ごした。つねづね疑問に思うのだが、どうして料金が安い店ほど、店内のBGMは音高く鳴りひびくのだろうか。

私たちはさまざまなことを語り合った。ニーナの学校での仕事や、福祉の仕事のこと、私の仕事のこと、昔のこと——高校時代のクラスや、先生たちについて。ニーナは、どの先生がまだ高校で教えているか、ひとりひとり私に教えてくれた。思えば、ニーナとじっくり話したことはなかった気がする。それまでのどの時間よりも、互いに近づけたように思う——ベッドにいる時間よりも。

しばらくすると、ニーナは言った。「そろそろ部屋に戻らない？　部屋でナイトキャップ・カクテルを飲みましょう」

私は腕時計を見た。「まだ十一時だよ。明日は土曜日だから、学校も休みだろ」

「でも、早起きしなくちゃいけないの。もうひとつの仕事で——午前九時に面会の約束があるから」

「わかった」私は素直に折れた。「部屋に行っても、あんまり早くに追い出さないっていうんなら。ゆうべはぐっすり眠ったんだろ？　そうでもない？」

「眠ったわよ、十時間。あなたも早く寝たの？」

「十一時にね」それから三時間ほどしか眠らず、昼ごろにバスタブで一時間ほど寝てしまったことは、あえてつけ加えなかった。

「そう、よかった。あ、そうだ――ゆうべわたしに話したいことがあるって言ってたけど。なんの話だったの？　それから、ゆうべはごめんなさい。疲れてて、寄ってもらえなくて」

「たいしたことじゃないよ」そう言ってから、昨夜『ぜひともきみに頼みたい』と言ったことを思い出した。「学校の資料から、探してきてほしいものがあったんだ。だけど自分で見つけたからさ」はっと気づいて、慌てて言い足す。「今日、《ヘラルド》の資料をあさってね」くそっ、口がすべってしまった。高校に入りこんだ形跡はすべて消したつもりだが、もしも何かを消しそこねていたら――ゆうべ事務室に侵入した者がいるとニーナが知っていたら、墓穴を掘ったようなものだ。

しかし、そんな心配は無用だったらしい。ニーナはこう尋ねてきた。「それって、あなたの記事に関係あること？　事故についての」うなずいてみせると、それ以上は訊いてこなかった。どうやら、下手な言い訳を重ねずにすんだようだ。

勘定を頼んだ。思ったほど法外な額ではなかった。

帰りのハンドルを握りながら、尾行の車のヘッドライトが見えないかと目を光らせていた。そんなものは見えなかった。市内に入ってから一度、数ブロック先まで見とおせる交通量のないルートをとったけれども、一台の車も目に入らなかった。

またふたりでマティーニを作る。この作業にかけては、すっかり息の合ったコンビになりつつあった。互いに役割を心得て、すばやくしかも無駄がない。私は思った——こうやって一緒にカクテルを作るのも、今日明日かぎりかもしれないとは。そんなことは、とても信じられない。

ふたたびソファに腰を下ろし、片腕を彼女の肩に回す。気分は穏やかで、みじんも不安を感じない。そのことが不安だった。結婚している男が、妻以外の女に興奮しているうちはまだいい。終わりにすることもできるだろう。しかしその女に安らぎを感じるようになったら、事態は深刻だ。

だしぬけに、ニーナへ真実を打ち明けたくなった。われわれの関係についてではない。その話は心が決まるまでしたくない。ミリーにもう一度会わないうちに結論を出してしまうのはまちがっている。そうではなくて、ここ一週間本当は何を調べていたのか——突き止めようとしていたのか、いますぐにでも打ち明けたい。オービーについて。私が推測している、あの少年の正体について。どのみちいずれは、誰かに話してみなければならないことだ。聞かせたときの反応を見るためだけにでも。ニーナは笑うだろうか、それとも真剣に受け止めるだろうか？

「ニーナ。オービー・ウェストファルとはどのくらい親しいんだい？　オービーのことをどう思う？」

ニーナは身を離し、こちらに向きなおって私を見た。その顔には驚きがうかんでいた。「サム。いったいどうして、オービー・ウェストファルに興味を持つの？　今週はじめにも、彼のことを訊いたわね」

私は思った——まだだ。すぐにも打ち明けたいが、まずは先入観のない意見を聞きたい。こちらが話をする前に、ニーナがどう思っているのかを。あるいはすでに、はぐらかすのが習い性になっていて、簡単にはやめられないだけかもしれない。「なぜ興味を持ったのかは、あのときに言ったろ。先週土曜の午前中は、オービーの件であれこれ動きまわったんだ。死亡記事も書いた、泣ける記事をね。死んだのはオービーじゃなくジミー・チョユナツキだと聞かされたのは、そのあとのことだ。ぼくはオービーの経歴を社の資料で読み、オービーに熱を上げてる同級生の娘から話を聞いて、オービーの記事を書いたんだ。彼に興味を抱くのは、そうだな、小説の登場人物に興味を抱くようなものさ」空いたほうの手でマティーニをひと口すすり、もう片方でニーナを引き戻す。「本のなかの人物のことは、書いてあることしかわからない。だけどオービーは実在の人物だ。しかもぼくが死亡記事を書いたあとだってのに、いまもまだ生きている。興味を持つのは、そんなにおかしいかい？」

どうして、と思った。どうしてこんなに並べたててしまったのか。真実を打ち明けようにも、これではよけいに難しくなった。今週はじめだけではなく、たったいまも嘘をついたと認めなければならなくなった。

ニーナは、私の肩に頭をもたせかけた。「そうね、あの子とたいしたつき合いはないわ。あいさつを交わすくらいよ。でも、人気者でとびぬけた存在だから、先生がたもしょっちゅうあの子の話をしてるわ、生徒たちに負けないくらい。フットボールのヒーローってだけで、もう学校では充分すぎるほどだけど、スポーツ万能のうえに、人柄も魅力的で学業優秀で――特別な子なのよ、だいぶね」

「どのくらい優秀なんだい？　クラスのトップ？」

「その気になれば、すぐトップになれるはずよ。平均で上位一割ってところね。ろくに勉強してなくて、それだから。ほかにいろんな活動やスポーツをやってて、勉強にさく時間がないのね。自分でも、あんまりやってないって白状してたわ」

私は言った。「高校生の年ごろなら、白状どころか自慢しそうなものだけどね。でもぼくは、まさにそこが知りたいんだ。完璧すぎてうさんくさいんだよ、オービーは。瑕《きず》のひとつもなけりゃ信用できない。完全無欠の人間なんているわけがないし、ひとりの少年が何もかも持ってるなんておかしいよ。ぼくはね、オービーはホモセクシャルじゃないかと睨んでるんだ」

「え……なんですって？」

「もちろん、ただの推測さ。でも、それなりの根拠はあるよ。グレース・スミスが言ってたんだけど――あ、取材をしたオービーの同級生だよ。土曜の午前中、オービーが死んだとみんなが思いこんでたときにね。関係ないけどあの娘、それを聞いてひどく打ちのめされてたな。それはともかく、その娘が言ってたんだ。オービーには決まった恋人はいないし、パーティにもたいてい、女の子連れでは来なかったって。それに――」狼の頭のポンコツに乗ってたのを見たけれど、ほかの少年たちはガールフレンド同伴だったにもかかわらず、オービーはひとりきりだった。そう言いかけて、口をつぐんだ。「——ほかの場所でも、同じことを何度か耳にしたんだ。ふつうじゃないだろ、学校中の女の子が自分に夢中だっていうのに、それを少しも利用しようとしない少年なんて。オービーみたいに、年齢のわりに成熟した少年ならなおさらだ。もしホモじゃないなら、性的発育が遅れてるんだな」

「でも、まだ十七歳よ。サム、あなただってそのころは……少なくともわたしは、わたしがはじめてだって聞いてたけど。あれは四年のときだから、ふたりとも十八だったでしょ」

「そうさ、嘘はついてないよ。でもぼくだって、そのずっと前から女の子とデートくらいしていたぜ。たいていいつも恋人はいたし、パーティに女の子も同伴せずに行ったことなんてない」

私の肩にもたれている、ニーナの肩が震えていた。顔を覗きこむと、くすくす笑っている。

「おかしかったかい?」なぜなのか知りたい。「本当の話だよ」

「違うの、サム、あなたのことで笑ったんじゃないの。でも……もしもわたしが秘密を打ち明けても、約束をして。サム、まさか記事を書くつもりじゃないわよね? オービーについての」

「書かないよ」

「あと、だれにも言わない? 誓って」

「神かけて誓うよ」

「笑ったのは、あなたがオービーのことをあんまり誤解してるからよ。一年と少し前、二年生の終わり近くに、オービーはちょっと問題を起こしたの。自分の家で雇われてたメイドを誘惑して。

あのときまだ十六歳だったから、あなたよりも二年上手《うわて》ね。だからおかしくて笑ったの、ホモだって思ってたなんて」

「じゃあ、ぼくの勘違いだ。ずっと勘違いしてたわけか。オービーが問題を起こしたっていう、そのメイドはどんな女《ひと》？　家で起きたことなら、学校がどう関わったんだい？」

「本当の意味での問題じゃないのよ、親御さんにとっては別だけど。警察ざただとか、そういうことにもならなかったし。誘惑したのは向こうのほうかもしれないわ、年上なんだから。でもオービーのママさんは、それですごく悩んで。校長に相談に来たの」

「あのご老体に？　ショックで倒れちまったんじゃないのか。校長はなんて？」

「エマーソン先生じゃなかったの。関係者全員にとって、不幸中の幸いね。エマーソン先生はいまも校長だけど、ちょうどそのころ、手術入院で数ヵ月の休みをとって——胆嚢を悪くして、しばらく調子を崩してて。教育委員会の決定でもっと若い、ラルフ・シャーボーンって先生が来て、数ヵ月間だけ代理を務めたの。ママさんは、その先生に相談したのよ。現代的で話のわかる人だったから、心配することは何もないって答えたそうよ。容認するわけじゃないけど、十六歳の少年のはじめての相手が年上の女性というのは、ちっとも異常なことじゃないって」

コンスタンス・ボナーの記憶がよみがえる。「どのくらい年上？」

「二十五かそこらだったと思うわ。彼女が誘ったのか、オービーが誘ったのかはわからないけど、でもどっちにしろ、本気じゃなかったでしょうね」

「十六のころのオービーも、標準より二、三年は早く発育してたんだろうね。十七歳のいまだって、二十歳でも通りそうだ、ってだれかが言ってたし。さあ、まだ知ってることがあるなら続けて。興味がわいたよ」

「そんなには知らないわよ。ラルフがママさんを落ちつかせて、オービーと腹を割って話してみるからって言って。そしたらオービーは反省して、今後は行いをつつしむって約束したそうよ」

「そのメイドに、きみは会ったことがある？　写真を見たことは？」

「ないわよ、そんなの。見る機会なんかないもの。どうしてそんなこと訊くの？」

「ちょっと、エディプス・コンプレックスが頭をよぎってね。そのメイド、きっと容姿が同じタイプだよ。オービーの母親と」

「かもね。可能性はあると思うけど、オービーのお母さんも見たことないから。彼女が来た日、わたしは学校にいなかったの。でもオービーが母親似なら、きっと美人でしょうね。オービーには会ったことあるの？」

「いいや」私は答えた。「写真で見ただけだよ。フットボールのユニフォーム姿の。《ヘラルド》の資料のなかに、過去のスポーツ記事と一緒に入ってたやつさ。フットボールのユニフォームを着てヘルメットまでかぶってちゃ、たいしたことはわからないよ」

「うちに昨年度の学校年鑑があるわよ。オービーの写真も何枚か載ってるわ。見たい？」

それならゆうべ学校で見た――少なくとも演劇部のページの写真は。けれども、それを言うわけにはいかない。だから私は、見たいと答えた。

ニーナが年鑑を出すには、身をかがめるだけでこと足りた。それは目の前にあるコーヒーテーブルの、天板の下の棚に雑誌や本と一緒に入れてあった。

「飲み物がなくなったね」私は言った。「見る前にお代わりを作ろう。オービーはきっと十回以上登場するだろうから、目を通すにも時間がかかりそうだ」

「了解。でも次で最後にしたほうがよさそう。だんだん効いてきたわ」

「なによりだ。アルコールは無駄にならなかったわけだ。ぼくのほうも効いてきたよ」

ふたりでカクテルのお代わりを作る。

それからニーナがめくる年鑑のページを、私はじっと見つめた。オービーの写っているグループ写真が出てくるたび、ニーナはページを止めた。やはりオービーは、かなり多くの写真に顔を出していた。どのグループでも目立っていたから、見のがしようもなかった。演劇部の出演陣を収めた三枚の写真には、二度目のお目見えだ。もちろんそこにもオービーは写っていた。

ニーナに尋ねる。「演技もやっぱり、ほかのことみたいに達者なのかい？」

「アマチュアにしてはね。この舞台はどれも観たわ、たまたま」

年鑑に載っていた最後の一枚は、これまで見てきたなかで最高のショットだった。クラス委員一覧に収められた、八分の一ページサイズのポートレート。

ニーナは年鑑を閉じ、コーヒーテーブルの下に戻した。

「ニーナ」私は言った。「オービーがその女と関係を持って、母親が相談に来たってのは、どれだけの人が知ってるんだい？　教師たちもだいたい知ってること？」

「それは――いいえ、サム」ニーナはほんのわずか、私から離れた。「ラルフ・シャーボーンを別にすれば、学校で知ってるのはわたしだけよ。あとで彼が教えてくれたの。どうしてわたしに、って思うでしょうね。話してもかまわないわ。これ以上の説明がいる？　詳しく話したほうがいい？」

ふたたび彼女を引き寄せ、今度は両腕で包みこむ。「いや、いいよ。ぼくには関係ないことだ」

ニーナは身をあずけてきた。「前に言ったわね、何人かとはつき合ったって。ラルフはその、何人かのひとり。彼は独身で、わたしと結婚したいって言ったの。するべきだったのかもしれない、でも……いい人だったけど、終身契約書にサインするほどの愛情は持てなかったわ。わたしが本当に愛せるのは、手に入れられない人だけなのかも。それでもわたしにキスしたい？　サム」

言葉を使わず、それに応えた。しばらくして、ニーナは唇を喋れるだけそっと離した。「サム。いけないとは思うんだけど、もう一杯飲むわ、あなたさえよければ。ゆうべは眠りすぎたんだと思う。ぜんぜん疲れを感じないもの」

またカクテルをこしらえた。今度は安楽椅子に腰かけ、彼女を膝の上に乗せる。

しばらくして、私は言った。「なあ、今夜は帰らなくちゃだめかい？　あそこは寂しいから嫌なんだ。ゆうべは早くベッドに入ったけど、あんまり眠れなかった。きみと寝てもいいかい？　行いをつつしまなければならない、としてもさ」

ニーナはこちらを向いた。微笑みをうかべていた。「わたしのパジャマ、貸す？」

「いや、いいよ。きみが着るといい。ぼくはパンツで寝るよ。二層の布が遮断材になってるから」

「わかったわ。泊まっていってくれる?」

その後、ベッドのなかでニーナをきつく抱きしめた。

「わたしのこと、ふしだらな女だと思ってる?」

「思ってないよ、もちろん」

「わたしは思ってるわ。いまはね。本当は、始まったってわけでもなかったの。来た気がしたんだけど、まちがい警報だったみたい。わたしが欲しい? サム」

喉から手が出るほど欲しかった。

それからのち、「ニーナ、愛してる。愛してるよ」だとか、そういう意味の言葉を口走った
——いまだに記憶に焼きついている。

# 土曜日

## 1

またしても、早く目覚めすぎた。今回は夢を見ていたわけではない。見ていたかもしれないが、思い出せなかった。窓は淡い灰色。午前五時半、サマータイムだから六時半か。ニーナは頭のなかの目覚まし時計を八時にセットしていた。それで九時の約束に間に合うそうだ。あなたはもっと寝ていていいわ、いくら遅く出てもかまわないから。そう言っていた。

しかしまた、ろくろく眠らないうちに目覚めてしまった。しかも、どんなにがんばってももう寝なおせそうにない。起き上がろうかと思ったが、ニーナは眠りが浅いから起こしてしまいそうだ。だいたい、起きたところですることがない。

寝そべったまま、うっすらと見える天井を見つめる。ウマバエは飛びまわっていない。自分の考えだけがぐるぐるしている。どうしてゆうべ、ニーナに本当のことを言わなかった？　ただの習い性かもしれない。この一週間はあまりに嘘を言いすぎて、真実が喉につかえるようになってしまった。とりわけ、オービーについて尋ねた理由を打ち明けようとすると。いや、この際それはいい。ニーナからは、ずいぶんオービーのことを聞き出せた。こちらの疑問を打ち明けていたら、ニーナの口のすべりはあそこまでよくならなかっただろう。私の推測など、ばかげていると思っただろう——いいや、まちがいなくそう思ったはずだ。オービーがむやみやたらにまき散らす魅力は、ニーナくらいの年齢の女にも及ぶらしい。いやむしろ——

どうどう、サム、止まれ。そんなとんでもない疑いを抱くな。少なくともニーナに対しては。だが時すでに遅く、〝疑い〟は私の足元に腰かけて、下衆《げす》なうすら笑いをうかべていた。

「消えろ」私は命じた。

《どうなんだろうねえ？　この女の、あのくすくす笑いは。オービーはホモじゃないかと、おまえさんが言ったときのさ》

私は〝疑い〟を睨みつけた。「笑っちゃいけないってのか？　ニーナは知ってたんだぞ、おれの言葉が的外れだって！」

《へいへい、うぶなご同輩。そりゃ、的外れだとは知ってたろうさ。けどよ、あそこまで笑えるもんかね、また聞きのさらにまた聞きの話で？　この女は笑い上戸じゃないだろ。それどころか、笑い声なんか立てたことがなかったろ、高校のころからずっと。でも、この女があいつと寝たことがあって、あいつが精力絶倫で——まちがいなく絶倫だろ、ありゃ——おまえの二倍も三倍もこなしてたとしたら？　そこにおまえが唐突に、あいつはホモかもしれないなんて言い出したら？　それでこそ、本当に笑っちまうってもんだろ、抑えようにも抑えられんくらいに》

「ニーナは、知ってた理由を説明しただろ！　あんなに細々《こまごま》した話を、とっさにでっち上げたっていうのか？」
《でっち上げたとは思わないね。校長代理は実際にいたんだろうし、そいつと寝たのも本当だろうさ――求婚されたってのも本当かもな、そのへんは話の尾ひれかもしれんが。メイドの女の一件も、オービーの母親が学校に来たってのも事実だろ。だからこそ、ますます怪しいんだ。わからんのか？》
「わからんね」
《そりゃ、おまえが目をそむけてるからだ。本来ならこの女は、十七の小僧と寝るなんて考えもしなかったろう。でも、オービーがすでに――少なくとも一度は――自分と同じくらいの年の女と寝たことがあるって知っちまった。それから、オービーを見る目が変わったんだろうさ。この女も正直に認めてただろ、あいつは魅力たっぷりだって。それで好奇心がわいたんだ、ベッドだとどんなふうだろう、ってさ。好奇心ってやつは、愛情よりも女を大胆にさせるからな》
「おまえはいかれてる。だがコンスタンス・ボナーについては、そう考えればつじつまが合うな。オービーと関係を持ってたんだ、ボナー教諭が。だから演劇部のミーティングのあと、言い訳をして校内にとどまったんだ。オービーはボナーとの逢瀬のために、また学校に戻ってきた。ボナーは両親と同居していたから、そこが唯一の――」
《この女は両親と同居じゃないぜ。こいつはここに――》
「黙れ。おれはコンスタンス・ボナーのことを考えてるんだ。これでボナーの様子がおかしかったのも、ふさぎこんでいたというのも説明がつく。もしもボナーが、どうしても結婚できない相手に深入りしていたのなら……しかしボナーは、オービーに殺された。ニーナは殺されてない。もちろんこれは、なんの証拠にも――」

《ならないな。寝た女を、全員殺《や》らなきゃならない法はないものな。ここぞってチャンスが来たら、殺《や》るだけだ。カナヅチの女が、プールの深いほうのふちに突っ立ってて、ひと押しすれば殺せる、だとか。もしかしたら、女を殺すまともな動機があって、わざとプールに誘い出したのかもしれん。自分は飽きたのに、女のほうが放してくれなくて、あげくに脅してきたとかな。まあ、それはどうでもいい。おまえは話をすり替えようとしてるだけだ。おれたちが疑ってるのは、ニーナとオービーの仲だろ。忘れたのか？》

「おまえはいかれてる、って言っただろ。ニーナはそんな女じゃない」

《この女を落とすまで、おまえはどれだけかかったたっけな？　月曜に会って、その日の夜にはここで寝ただろ。学生時代つき合ってたからだの、寝ぼけた話はよせよ。いつの話だと思ってるんだ》

「うるさい。一度ちょっと笑ったくらいで、どこまで勘繰りを重ねる気だ」

《あのくすくす笑いだけじゃないって、もうわかってるんだろ。あいつの話をしてるときの、女の様子。あいつの写真がどっさり載った、学校年鑑を持ってたってこと――それに、あのしまい場所を見たかよ。ほかの年度の年鑑はなさそうだぜ、おまえとこいつが学生だった年のも、それ以後のもずうっと。あの一冊きりだ、オービーの写真だらけのな。だからあれを買ったんだろ。

そう思わないか？》
「ほかの理由があったはずだ」私は言った。
《じゃあ挙げてみろよ、その理由とやらを。ちなみにあの年鑑、発行されてからわずか二ヵ月ってとこだぜ。オービーとの関係は、最近まで続いてたはずだ。どうなんだよ、そこんとこ？　ほんの一ヵ月前、こいつはオービーといちゃついてたかもしれないぜ、まさしくこのベッドの上でな。たぶん別れた直後、おまえに出会って――反動で寝ちまったんだ。オービーに振られたんでな。そう考えると愉快じゃないか？》
「失せろ。おれから出ていけ」
《それは無理だってわかってるだろ、おまえが白黒つけるまでは。おれは命尽きるまで、おまえさんと一緒だぜ》
「おれは、おまえを信じたりしないぞ」
《そりゃあそうだ。けど、おかしいとは思いつづけるだろうよ。で、いろんなことを延々と思い出しつづけるんだ。この女、オービーの母親のことをママさんなんて呼んでたな。一度も会ったことがないにしちゃあ、ずいぶん軽い調子じゃないか。どんな経緯《いきさつ》でそんな呼びかたを身につけたんだろうな、え？　去年オービーが出た舞台は全部観たとも言ってたな。大の大人が高校生の演劇なんて、好きこのんで観るもんかね。もっとも、出演者のなかに関係のあるやつがいれば別だが――身内だとか、それから――》
「ニーナの勤め先だぞ、あそこは」

《そうとも、そうとも。だからあいつと接する機会は、山のようにあったわけだ。忘れたのかよ、おれたちふたりで、エディプスうんぬんのことを考えただろ。あれが当たってりゃあ、オービーは容姿の同じタイプだとか、なんらかの点で母親を連想させる女を選ぶわけだ。この女は背丈も身体つきも、髪の色も、顔の形まであの母親とおんなじだ。あのボナーって女も、写真を見るかぎりじゃ同じタイプだ。いまのいままで、気づきもしなかったってのか？　おまえはこれからも、いろんなことに気づきつづけるんだ。そして――》

「出ていけ」

〝疑い〟はせせら笑った。

私は顔をそむけ、ニーナを見た。

〝疑い〟はまくしたてた。《やれよ、女を起こして抱いてやれよ。最中に、いつもみたいに目をつむったら、おまえさんは疑うんだろうな。この女はおれじゃなく、オービーが戻ってきて相手してくれてると思いこもうとしてるんだって。お笑い草だな、おい？》

私は呪いの言葉を吐き、あとを続けた。「きさまなんかの、意のままになるものか。ニーナの日記を――」

《覗くなんて、クズの所業だよな。ひとつの箇所を探して、ほかのところは読まないように――記憶に焼きつけないようにしてもだ。でもまあ、おまえはやるんだよ》

「断言するってのか」

《もちろん断言するさ。このおれを心に抱いてる以上、やらないままにしとくってのはさらにクズの所業だぜ。おれを追っぱらうにはそれしかないし、おまえだってそれは承知してるんだから。おまえ、ニーナを愛してるのか?》

「それは……わからない」

《ゆうべは愛してると思ったんだろ。この女にそう言ってたじゃないか。けどよ、おれがまちがってるって証拠を見つけなけりゃ、おまえは二度とこの女を愛せないぜ。そりゃあ果たして、ニーナへのフェアな態度といえるのかねえ? おれみたいな下衆《げす》な〝疑い〟のせいで、心変わりしちまうなんてよ。日記を一冊二冊拾い読みすれば、おれなんか永遠に追っぱらっちまえるってのに》

「しかし、もしも見つからなかったら……」

《心配するな。書いてありゃあ見つかるさ。オービーのことを書いてるとすりゃ、大量に書いてるはずだからな。名前を伏せてあったって、見つけるのは難しくないだろ。ほかにどんなことが書いてあったって、おまえはニーナを愛せるんだ。ここ一年でニーナがどれだけ、ふつうの情事を重ねてたって関係ない。それに、ここ一週間ぶんは飛ばしたってかまわないから、読んじまうはめにはならないさ——おまえさんのことを書いてるかもしれん部分はな》

「わかったよ、このくそ野郎」

《じゃあ、とりあえず狸寝入りをしろ。そろそろ——》

ニーナが目を覚まし、ベッドから出ていった。私は狸寝入りをした——できるだけ長く、ベッドの端に腰かけている〝疑い〟が彼女に見えないように。いま言葉を交わしたら気づかれる、少なくとも何かが変だと勘づかれる。
だから目をつむったまま、呼吸のほかは身じろぎひとつしなかった。ニーナの立てる物音がずっと聞こえていた。シャワーを浴び、服を着て、朝食の支度をしたのちに、ペンを走らせる。私あてにメモを書いているのだろう。
玄関のドアが閉まったあと、私は時計に目をやり、あと十分はこのままじっとしていようと決めた。ニーナが財布なり上着なり、ハンカチなりを忘れて戻ってきたとしても、寝たふりを続けられるように。だが、ニーナは戻ってこなかった。起き上がって、まずはメモに目を通す。

かわいいサムへ
今日の仕事は早めに終わるわ。九時からの面会は一時間はかかるだろうけど、あとは電話を一本かけるだけで、すぐに帰ってくるつもり。もし一、二本別の電話をかけるとしても、短くてすむだろうから。十時半から十一時には帰るわ。それより早く起きたら、朝食を作って食べて、わたしの帰りをここで待っててくれる？　ピクニックのランチを作るから、どこか郊外に出かけて、静かで楽しい土曜の午後を過ごしましょう。それから、ゆうべああ言われたからって縛りつけるつもりはないけれど、もう一度あの言葉を聞かせてもらえたらうれしいわ。それともあれは、マティーニが言わせたこと？　もしそうだとしても、許してあげる。

ニーナ

言うまでもなく私は、このメモを読んで恥ずかしくなった。それでも、やることをやってしまわなければならない。いまはまだ午前九時前だから、あと一時間半。安全を期すれば、一時間がいいところか。

私はすばやく服を身につけた。

ニーナが日記を納めている机の引出しの錠はヘアピンでも開きそうだったが、鍵のありかがわかれば、それにこしたことはない。学校の事故のことを調べてくれた夜、ニーナはどこから鍵を出し、その後どこに入れただろうか。そうだ、カクテルを作っていたから、鍵を出して引出しを開けるところは見ていないんだった。けれども引出しにふたたび錠をかけ、鍵を部屋着のポケットにすべりこませるのは見た。シルクのキルティングのやつだ。

クローゼットの服をかきわけて、あの部屋着を見つけた。だが当然ながら、ポケットに鍵は入っていなかった。ここは、私が見ていないあいだに元の位置に戻すまでの、仮の保管場所だったにちがいない。

まずは机の、錠のかかっていない引出しに手をつける。ない。けれども次に思いついたドレッサーが正解だった。引出しの底に敷かれた紙の裏に、それは置かれていた。一分後、私はニーナのいちばん新しい日記を手に、ソファに腰を下ろしていた。

白いままのページをすばやくめくっていくと、最新の書きこみが見つかった。〝七月十七日、午後九時十五分〟とある。二日前の木曜の夜、私が電話をした直後あたりだ。ほぼ一ページが文字で埋めつくされている。書き出しはこうだ。〝いま、Sが電話をしてきた。来たいと言っていた。来てほしいけれど、あまりにも疲れすぎている。ひと晩ぐっすり眠らなければならない。もしSが来たら、どういうことになるかはわかっている。これを書きおえたら、すぐ寝よう……〟

やっとの思いで、文字から目を離した。必要以上にニーナのプライバシーを侵害しないと心に誓ったのを思い出したのだ。私のことは、なんと書かれていようが関係ない。

三回ぶんの書きこみ（ふたつは短く、ひとつは数ページぶんの長さ）の日付だけを見て、まるまる一週間ぶんを飛ばし、先サム紀にたどりついた。一週間ぶんの中身は読まずにすませられたが、長い書きこみにひんぱんに出てくる、私の頭文字はどうしても目についた。書かれたのは火曜の午後、私がはじめてここで一夜を過ごした次の日だ。これを読んでもいいというなら、どんなこともいとわない——けれども、良心の力でなんとか踏みとどまった。

すばやくページをめくっていく。それから一ヵ月ほどは、大半が短めの内容だった。書きこみの頻度は一週間につき、二、三回といったところ。ほとんどは福祉の仕事についてだった。名前はフルネームで書かれたものもあれば、省略して書かれたものもある。略したのは隠すためというより、そのほうが手間が省けるからだろう。〝アンナ・チョユ〟というのが何度か目に入った。頭文字は明らかに、秘密にしておきたいときのみに使われていた。それがわかってからは、ページをめくる速度がさらに上がった。数週間さかのぼり、五月まで来た。

五月二十日の書きこみに私は目を止めた。名前はおろか、頭文字のひとつも見当たらない。はじめは流し読みしていたが、いつしか丹念に文字を追っていた。

今日で一週間経つ。いちばんつらい時期はのりこえた、と思う。でも、ああなれたことはいまでもよかったと思っている。あんなにすばらしい体験は、あんなにすばらしい一ヵ月は、わたしの人生ではじめてだった。そう、正しかろうとまちがっていようと、ああなれてよかったのだ。もちろん、続くわけがないことはわかっていた。危険だって大きすぎた、疑われるだけでも。仕事を失っていただろう、両方の仕事を。どこか遠くの町に引っ越して、何もかもやりなおさなければならなかっただろう。きっとひどいことになっていただろう。それでも、それでも、自分を抑えられなかった……

みぞおちが冷たくなるのを感じた。もう止められなかった。いっぺんに十ページ以上めくった。

〝五月七日、午前四時〟。

夜の十二時になってすぐ、また〇がやってきた。たったいま帰ったばかりだ。愛してる、彼を愛してる、愛してはいけないのに。身体だけの関係にとどめなければいけない、彼のほうはそのつもりだとわかっている。でも、どうやったら抑えられる？　ついさっきまでの、この四時間といったら！　彼は最高の人だ。女の夢のかたまりのような人。五回、しかも最後の一回はたった数分前まで、たっぷり一時間以上も続いていた。エクスタシーで、頭がおかしくなりそうだった。いや、もうおかしくなっているにちがいない。だって、あんなことを……

ドアがひらく音がして、振り向いた。ニーナが笑顔で立っていた。私がどんな顔をしていたかは知らないが、はじめは気づかなかったにちがいない。「あのね、サム。面会を始めたとたん、ウルフラムさんが急用で呼び出されて。お休みになったから、まっすぐ帰ってくれば――」

このときニーナははじめて、本当の意味で私の顔を見た――私の手元でひらかれた日記と、開けっぱなしの机の引出しも。

ニーナはその後の手続きを、双方にとって最良のやりかたで行った。その点は認めなければならない。彼女の顔は怒りで蒼白になった。こちらにやってきて、私の手から日記を引ったくり、投げ捨てた。私の顔を力いっぱい、頭を揺さぶる勢いで何度も何度も平手打ちした。すでに中身は別のことで傷ついていたのだが、外側も同じくらい傷つきそうだった。それから彼女は低い声で一本調子に、私をさんざん罵った。女の口からは聞いたことのない言葉が、次から次へと流れ出てきた。

言い返せることはなかったし、言い返す気もなかった。そもそもその機会がなかった。それからどのようにしたものか、思い出せないし思い出す必要もないが、とにかく気がつくと閉じたドアの外、マンションの廊下に立っていた。まだひとことも発していなかった。

階段を下り、角を曲がって車に向かった。

## 2

家のなかは、何か違う感じがした。相変わらず空っぽではあるものの、自分の家という感じがした。慣れ親しんだ場所にいるだけで、ものごとを冷静に考えることができた——さまざまなものごとを。

いまならニーナとの関係を、ありのままに捉えられる。あれは遊びで、それ以上のものではなかった。続いているあいだは、とても楽しい火遊びだ。違う終わりかたを望めたかもしれないが、ともかくあれで最後、どちらにとっても本当の最後だ。

憎む気持ちも起きなかった。ただ気の毒に思うばかりだった。にもかかわらず、たとえ通りすがりであろうと、もう二度と会いたくなかった。彼女のほうが会いたがったとしても（それはないだろうが）、そして、ミリーに続く道がもはや途切れていたとしても、二度と彼女にキスしたり、触れたい気持ちは起きないだろう。

あのくすくす笑いも、それを引き起こした原因も、ずっと忘れることはないだろう。

しかしオービーのことはどうする？　女がらみの件ではない。そんなものは知ったことではない。殺人の件、人が死んでいる件だ。言うまでもなく直感と疑念以外に、具体的な証拠は切れ端ほども持ち合わせていない。だが、これほど強い疑いを抱いていながら、しかもそれを裏づけているとおぼしき事実を握っていながら、いまさら投げ出して忘れてしまうなど——そこまで道義から外れる権利が、この私にあるというのか？

いや、あるはずがない。けれどもひとつだけ、いまの状態から解放される手段がある。この件に首を突っこんだときには、弱い根拠をいくつか摑んだきりで、そこから勘を働かせたにすぎなかった。だがいまは、山ほどの根拠を――ひとつひとつは、やはり弱いかもしれないが――手にしている。これらを携えて、ジョー・スタイナー署長を訪ねることもできるほどに。いまなら知ったことをすべて――ほぼすべて、署長に打ち明けることができる。

その後は署長にすべてをまかせ、私は手を引こう。笑い飛ばされて終わったとしても、すっぱりと手を引こう。それにおそらく、笑われはしないと思う。いまならことの次第を説明できるから、少し調べてみようと思ってもらえるくらいの説得力は出せるだろう。調べる目的は、私の誤解を解くことのみになるかもしれないが。

だが、今日のところはごめんだ。ニーナとのことで、みじめな気分になりすぎた。今日はもう、何もする気が起きない。頭のなかに、もやが薄くかかったようだ。署長に説明をするにあたっては、要点を外さないようにすっきりした頭でいきたい。

ふたたび家事をして、しばらく時間をつぶした。正午近く、今後はここで――ミリーの帰りが延びたとしても――何度か食事をとることになるだろうから、食料の買い置きをしておいたほうがいいと思った。それから、簡単に食べられるものも買ってこよう。

近くのスーパーで買ってきた昼食をとり、汚れた皿を洗う。それで二時までは時間をつぶせた。午後二時になると、電話が鳴った。ハーヴィー・ウィーランだった。「元気か？　サム」

「元気はつらつさ」

「ええと――なんで市に戻ったのかは知らないが、大丈夫か？　うまくやれたのか？」

「ばっちりだよ」

「そうか。おれたちも予定より少し早く戻ったんだ。ゆうべな。ふたりでカードってのも飽きたしな。それで、土曜午後のポーカーの集いとしゃれこむことになったんだ。賭け額二十五セントまで、おまえが来るなら七人だ。もう四人来てる」

「そりゃいい、行くとも。いつ行けばいい？」

「来られるならすぐ来いよ。うしろの五人はもう始めてるんだ。一時間くらい前に二度電話したんだが、おまえは出なくてな」

「買い物に行ってたんだ。わかった、三十分で行くよ」

ポーカーが終わったのは真夜中近くだった。私はしめて、四十二ドルの黒字になった。

# 日曜日

## 1

目覚ましに起こされたのは、まだ夜中のことだった。真っ暗闇のなか、手を伸ばしてボタンを押した。ところが、音は止まらない。相変わらず鳴りつづけている。連続音ではない。ときおり数秒ほど間隔を空けては、また鳴りだす。音のしない数秒のあいだに、手にした電動の目覚まし時計が、うんともすんとも言っていないことに気づいた。時計は動いていなかった。光る針は三時五分を指している。電話の音でもない。電話はもっと違う音だ。そうだ、ドアベルだ。誰かが午前三時五分に玄関のドアベルを鳴らしている。いいや、三時五分ではないかもしれない、時計は動いていないのだから。しかしいずれにせよ、夜の夜中に何者かが、うちのドアベルを鳴らしていることはまちがいない。ベッドから足を出して床に下ろす。やっと思考回路が働きはじめたが、まだあまりしゃんとしない。部屋の向こう、明かりのスイッチのあるほうへと探り探り歩きながら、ぼんやり考えた——ミリーが深夜到着の列車で帰ってきたんだ、と。いや、ミリーだったら鍵を持ってるから、ドアベルを鳴らすはずがない。それなら電報だ、夜中に電報が来たのだ、夜中の電報は悪い報せときまっている、少なくとも読むまでは。誰かが死んだか、夜中に電報が送られてくる心当たりなどミリーしかない、ミリーが死んだか、怪我を負ったか倒れたか、車の事故か、急病か。ドアベルは階下で鳴って、鳴って、鳴りつづけている、明かりのスイッチが見つからない。ようやく指がスイッチに触れた。カチリと押したが、何も反応がない。何ひとつ変わらない、明かりはつかず、ドアベルは鳴って、鳴って、私が役立たずのスイッチから離れ、廊下に続くドアのあるほうへ向かうあいだも、まだ鳴りつづけている。ドアを抜けると、その先はさらに濃い闇だった。実体すらありそうな黒いものに押し包まれ、押し戻される。けれども急がねば、急がねば、電報が帰ってしまう、帰られてしまったら、ミリーの身に何が起きたのかわからない。急げ、急げ、廊下の壁に片手をつけて。そうしてやっと、階段の前にたどりついた。ドアベルが止まった。だが、また鳴りだした。急げ（これらすべてを語るのには時間がかかるけれど、実際にはほんの数秒の出来事だった）。急げ、急げ、ドアベルはもう鳴るまい、電報が帰ってしまう、まちがいなく配達人はもうすでに、私が不在だと思っただろう。左手を壁につけたまま、右手で手すりの玉飾りを探り、思いきって歩を速める。私を救ってくれたのは左手だった。階段の下り口にある明かりのスイッチに指が触れたのだ。まだ頭がきちんと回っていなかったが、明かりがあれば階段をもっと早く下りられると気がついた。踏みとどまり、スイッチを入れる。カチリと音がした、しかし明かりがつかない。寝室のスイッチと同じだ。それでもスイッチを入れようと歩みを止めて、とまではいかずとも歩調をゆるめていたから、長い直階段《ちょくかいだん》をまっさかさまに転がり落ちるのはまぬがれた。というのもちょうど上体がうしろに傾いた瞬間、階段の最初の一段へ踏み出した足の、素足のつま先で何かを蹴ったのだ。踏み段の上にあった何かを、したたかに蹴ってしまった。明かりがつこうとつくまいと、急いで下りようとしていたせいで。

蹴った物体は、踏み段からすべり落ちて騒々しく跳ねながら、階段を落ちていった。バランスを崩した私もあとを追いそうになったが、右手で手すりの端の玉飾りを掴んで、あやうく身体を引き戻した。私は倒れた、頭から階段のほうに、ではなくうしろに。悲鳴を上げたような気がする、何を蹴ってしまったのかは知らないが、骨が折れたと思うほどの痛みが足の親指に走ったから。

物体は階段を跳ね落ち、階下の床にぶつかった。家が揺れるほどの重く鈍い音。ドアベルの音が途切れた。

ふいに訪れた静寂のなか、ポーチから道へと駆けていく敏捷な足音が聞こえた。それから、ガリガリと何かをこするような音。そしてまた静寂。

すぐに通りに面した寝室に駆けこんで窓から外を覗いていれば、その人物の正体を見ることができたはずだ。だが、それはかなわなかった。混乱しすぎて、頭が真っ白になっていた。仮に何か考えがうかんだとしても、電報配達が帰ってしまった、つかまえられなかった、というひとつだけだったろう。その数秒後、ふたたび立ち上がってもう一度階段を下りようとしたとき、ふいにいまの出来事に違和感を覚えた。電報配達は、届け先に誰もいないからといって逃げ去ったりはしない。しかも夜間の電報は、電話が通じないときにのみ届けられるはずだ。そして私は、階段の上に重い物など置いていなかった。

ドアベルを鳴らしていたのが誰であれ、そいつはもはや逃げてしまった。私はそいつの正体を見のがした。いま真っ先にすべきことは、明かりをつけることだ。

痛む足をかばいながら寝室に戻り、今度は時間をかけて、椅子の背にかけてあったズボンを見つけ、脇ポケットからマッチを出した。一本擦《す》ると、明かりが灯った。これでともかく、完全な闇からは逃れられたわけだ。

クローゼットの棚に懐中電灯を置いていたのを思い出し、もう一本マッチをつけて持ってきた。電池は弱くなっているが、まだ使える。

それで前方を照らし、弱々しい明かりを頼りに廊下を渡り、階段を下りる。

一階に着くと、私のポータブルタイプライターがキャリングケースから半分はみ出し、数フィート離れたところに転がっていた。いま転がっている場所からわずか二、三ヤード向こう、玄関ドアのすぐ内側に、きちんとケースに納めて置いてあったはずの物だ。今朝、いや昨日の朝家のなかをぶらついていたときに、手入れと油差しをせずに放ったらかしていたことを思い出し、休みあけの月曜に忘れずに街に持っていくため、ケースに入れてドアのそばに置いておいたのだ。フレームが割れただろうから、もう手入れも油差しも必要ないだろう。

だが、どういうわけでタイプが階段の上にのぼったというのか？　ポーカーをやっていた数時間、多少は飲んだとはいえ、それほどは飲んでいない。帰ってきたときにはほぼ酔いもさめていたから、タイプを持って階段をのぼり、いちばん上の踏み段に、段からはみ出した状態で置き去りにしたなど考えられない。

玄関ドアのガラス窓から外の様子をうかがってみたが、何も見当たらなかった。ただポーチと庭と、歩道と車道が、半ブロック先の街灯のうす黄色い明かりにぼんやりと照らされているだけだ。まだ、電報という考えが頭から離れなかった。ドアを開け、外側のノブにカードがぶら下がっていないか確かめる。不在中に配達人が電報を持ってきたことを示す、例のカードが。

足元も探してみたが、ドアの下にもカードは差しこまれていなかった。ポーチに出て郵便受けを見てみても、やはり何も入っていない。

通りは人気《ひとけ》がなく、静まりかえっている。

あの敏捷な足音が聞こえてから、車が走り去る音はしなかった。それはまちがいない。しかしあの、ガリガリという物音はなんだったのか？　ふいに音の正体の可能性に気づいて、はじめて背すじが寒くなった。

縁石の上に倒した自転車を起こそうとしたら、ペダルがコンクリートにこすれてあんな音が出るかもしれない。

真っ暗な家のなかに戻り、ドアを閉めた。ナイトラッチ錠がちゃんとかかるかどうか、もう一度開けて確かめてみる。錠はかかった。外からはロックされて開かない。

二階の照明と、一階のは別々の配線にしてあったことを思い出し、玄関のドア横にある廊下の電灯のスイッチを入れた。明かりはついた。

居間に入り、そこの明かりもつける。もうすっかり目も覚めて、恐怖心が募っていた。警察に言うべきか迷って、しばし電話を睨みつけていた。

と、それよりはましな考えがうかんだ。オービー（だったとして）が逃げてから、まだ五分といったところだ。自転車だとあの家に戻るまで、最低でも十分、おそらく十五分はかかるだろう。服を脱いでベッドに入るまで、さらに五分。いまウェストファル家に電話をして、オービーの両親をたたき起こし、息子の部屋に行って様子を見てこいと命じたら――オービーは、苦しい言い訳を迫られることになるはずだ。しかも、親がとぼけさえしなければ――両親がふたりそろってそんな行動に出るとは考えにくい――ただの当てずっぽうよりはましな、警察に話すための材料が手に入る。

ウェストファル家の電話番号は忘れてしまっていたが、調べるとすぐにわかった。電話をかける。呼出し音が低く鳴るのを聞きながら、なんと切り出そうか考えていた。

けれども誰も出ない。ややあって交換手の抑揚のない声が聞こえた。「先方はお出になりません。呼出しを続けますか？」頼む、重要な用件だから、と伝えた。

だがさらに数分経って、先手を打たれたことを悟った。オービーはこの可能性を考えて、あらかじめ電話のベルを布などでくるみ、二階まで音が届かないようにしておいたのだろう。ベル本体と打ち子のあいだに嚙ませておけば、まるっきり鳴らなくすることもできる。呼出しをかけているときに聞こえているのは、向こうの電話機が鳴らしている音ではない。交換盤の回線が出している音だ。向こうの電話機の呼出し音とシンクロしてはいるけれども、向こうのベルが鳴っていないからといって、同じように鳴らなくなるわけではない。

だいたい、オービーが親の寝ているあいだに真夜中の冒険に出たのは、今回がはじめてであるはずがない。過去に一度は出ているはずだ、ニーナの日記から考えれば。オービーは、親が電話で目を覚まして自分の不在に気づくことのないよう、確実な手をとっくに考えついていたはずだ。

私はのろのろと、受話器を戻した。

警察には？ いまさら手遅れだ。まだ家に着いていなくても、連中を説得してパトカーを出動させ、夜の夜中に善良な市民たちをたたき起こすころには、オービーはとっくに帰宅して、電話の布も外し、無事にベッドにもぐりこんでいることだろう。

居間に座りこんで、ぶるっと身震いした。夜は涼しくなっており、私はパンツ一枚で寝ていたのだ。懐中電灯のうす明かりで二階にのぼり、ルームシューズを履いてガウンをまとった。

## 2

二階の照明をつけるため、地下室に下りた。どうせヒューズが切れたのだろう。やはりそうだったので、新品と取り替える。オービーはここに来たわけではあるまい。ヒューズを飛ばすくらい、タイプを運び上げるついでに二階でもできる。廊下の電球を外し、ソケットに小型ドライバーなりなんなりを突っこんでショートさせればいい。

私はキッチンに行き、コーヒー沸かしを火にかけた。それから二階へ上がって服を着た。もう寝なおそうとしても無駄だ。

もっと言えば、眠るのが怖かった。もしもやつが舞い戻ってきたら？　いや、それはあるまい、少なくとも今夜のうちは。次は別の日、別の手で来る。

車のステアリングナックルをゆるめに来るか？　それともなんだ？　どんな手であれ事故に見せかけ、確たる証拠は残さないにちがいない。オービーは人殺しをするのに、その方法しかとってこなかった。やろうと思えば寝ている私を絞め殺すことも、ハンマーで脳天をたたき割ることも、キッチンの肉切りナイフで喉笛をかっさばくこともできたはずだ。その前に私が目を覚ましたとしても、体格も力もまさるあいつなら、おかまいなしにやれたはずだ。

キッチンに戻り、コーヒーを注ぐ。手が震えて、ソーサーに少しこぼしてしまった。それも当然だろう。殺されかけた経験などはじめてなのだから。

しかもオービーが自由の身のうちは、安全など訪れないのだ。

それにしても、どうしてばれたんだ？

その疑問をわきへ押しやる。もっと差し迫った、すぐにやらねばならぬことに思いあたったのだ。警察への連絡よりも、こちらのほうが先だ。警察は後回しでもいい、むしろ時間をかけていろんな角度から検討し、私が嗅ぎまわっていたことをオービーが知った経緯まであたりをつけたうえで、警官たちに――いや直接、ジョー・スタイナー署長に説明したほうがいい。そのほうが納得してもらえるだろう。

ミリー。ミリーのことが最優先だ。ロックフォードの義姉の家に電話をかけて、そこに残っていろ、安全になったと知らせるまで戻ってくるなと伝えなければならない。もう今日は日曜だ。

すぐに連絡しなければ、早朝の列車に乗ってしまうかもしれない。

電話はすぐにつながった。ミリーはすでに起きていて、義姉が出たときにそばに来たにちがいない。代わってほしいと頼んだら、すぐに電話に出た。

「ミリー、いつ帰る予定だ?」

「今日よ、サム。九時の列車。午後三時二十二分に到着予定よ。迎えに来てくれるの? ラフラム湖から戻ってたら、電話して頼もうと思ってたんだけど」

これなら大丈夫だ。ミリーが迎えに来てほしいというのなら、われわれの関係も大丈夫だろう。声音からもそれがわかる。

私は言った。「ミリー、来ちゃだめだ。ぼくを信じて、よく聞いてくれ。もう大丈夫だと知らせるまで、そこにとどまっててくれ。電話じゃ説明できないんだが」

「何言ってるの、サム。あなたやっぱり――」

「ミリー、ぼくは帰ってきてほしいよ。何に代えても。きみを愛してるんだ」そう言った。本心だった。わずか一時間前、ドアベルが鳴って電報だと思ったとき――ミリーが病気か怪我をしたと思いこんだとき、そのことに気づいたのだ。「ぼくらのあいだのことじゃないよ。ただ、いまはどうしてもまずいんだ。少しのあいだ、たぶん一、二日。もう大丈夫だとなったら、全部話すよ。そのときまで、信じていてくれるかい?」

「もちろん信じるわ。でも……危険な目に遭ってるんじゃないの?」

そうだ、と言えば、ミリーは私の言葉を無視して帰ってくるだろう。「いや、そういうんじゃないよ。トラブルはトラブルだけど、危険とかじゃない。きみが帰ってくる前に片づけなきゃならないことなんだ。ミリー、ぼくを愛してる？」

「ええ。離れてみてわかったわ。一週間別々に暮らしてみるっていうのは、いいアイディアだったと思う。ねえ、何がどうしたのか、少しも話せないの？」

「本当に話せないんだ、電話じゃ。でも約束するよ。何日かかかりそうなときは、そっちに行って話す。全部話すよ」

「わかったわ、サム。それじゃあ」

「ああ、それじゃあ。愛してるよ」

受話器を置いてから、ロックフォードまで行こうかと思った――今日のうちに。ミリーに会いたい、会って何もかも打ち明けたい――もちろん、ただひとつのことを除いて。あのことを話す日は永遠に来ないだろう。もはやあの件に、なんの意味もありはしない。あんなことは、最初から起きなかったのだ。

けれども、ジョー・スタイナー署長に説明するまでは、こらえなければならない。私の訴えへの署長の反応しだいで、私の生死が左右される。真剣に聞いて捜査を始めてくれれば、真相にたどりついてくれるはずだ。オービーが殺人犯なら逮捕して、エディプス・コンプレックスなどが浮上する間もなく、精神異常犯用の施設に入れてくれるはずだ。

たとえスタイナーに笑われて、いかれてると言われたとしても、伝えておいてよかったと思う日が来るはずだ。署長に笑われた場合は、オービー本人に会ってでも警告しておかなければならない——おまえについて調べたこと、臭い点はすべて警察に話してある。この先俺の身に何かあれば、警察は事故だとは思わないぞ、と。そうだ、こう言ってやろう。ここまでだ、おしまいだ、もう嗅ぎまわったりしない。たしかに俺はずっとおまえのことを調べていたが、すでに市民としての義務を果たし、自分の身を安全圏に置いた。調べたことはみんな、警察に伝えたんでな。ここまでで俺は手を引くさ。

そう、私は手を引く。引かねばならない、それでミリーが無事に帰ってこられるなら。私はもう充分にやった、やりすぎたほどだ。ここからはスタイナーの仕事だ。そもそも最初から署長のところに行くべきだったのだ。私の疑念がどれほどあいまいなものだったとしても。どうしてそうしなかった？ 降ってわいたようなニーナとの激しい情事ですっかり舞い上がり、まともな判断ができなくなっていたのか？

日曜の午前中でも署長をつかまえることはできるだろう。まだ午前六時だから、あと三時間は待つべきだろうが、電話を入れて、何時に会えるか尋ねよう。

三時間は待たなければならない、ということは、考えてみるだけの時間ができたということだ——解けない謎がさらにふたつある。

ひとつ目。オービーが自宅にいるとき、ポンコツで私を尾《つ》けてきたのはどこの誰だ？ オービーに共犯がいるとはとても信じられない。もちろん、そういう実例があるのは承知している。誘拐殺人を犯した大学生、レオポルドとローブ。看護婦を殺害したミシガン州の十代三人組、モーレー、ペル、ロイヤル——そういえば最近『サタデー・イブニング・ポスト』誌で、この三人についての連載を読んだ。考えてみれば、高校生の少年が精神異常の殺人犯であるという思いつきも、だからこそさして突飛に感じなかったのかもしれない。スタイナー署長があの連載を読んでいるといいが。もし読んでいなければ、目を通すように言おう。異常殺人者が単独犯ではなかったという事例は、多くはないけれどもほかにもある。ときにはサイコパスも〝同じ羽の鳥〟のごとく群れるのだ。そのうちのひとりに人殺しの傾向があれば、ほかの者をも血塗られた道に導きうる。

しかし、あのオービーに仲間がいるって？　ましてや、その導き手だって？　そんなことはとうてい信じられない。やつは孤独な殺人者でなければならない。そうでなくては、私が築いてきた全体像が崩れてしまう。

尾行されたことをスタイナーに伏せておけばこの点は追及されずにすむだろうが、それはフェアではないし、私がうまく全体像にはめこめなくても、署長がやってくれるかもしれない。尾行の一件だって、どこかにぴったりはまるにちがいない。人違いで尾《つ》けられただとか、これまで私がやってきたこととは無関係な、偶然の産物であるはずがない。

ふたつ目の謎も、同じくらいの難題だ。どうしてオービーは、ゆうべ私を殺そうとしたのか？　私が嗅ぎまわっていたことを、やつが知ったとはどうしても思えない。ウィガンド先生は？　いいや、先生が言うはずはない、私がウェストファル家について、あれこれ尋ねてきたなどと。賭けてもいい、負けたら先週の新聞の売上全額を払ってやる。先生はそんな人ではない。しかし尋ねた相手で、私がオービーに関心を抱いている理由を察することのできる人物など、ほかにはひとりとしていない。いや、ひょっとすると――

ニーナか？　昨日の別れのひと幕のあと、オービーに電話をかけたり、会ったりしたとは考えにくい。考えにくいが、あり得なくはない。女はえてして妙なことをするものだ。彼女には彼女なりの理由があって、自分たちの関係が私にばれたことをオービーに知らせようと思ったのかもしれない。もう一度オービーと話すための、あるいはつかの間でも――一夜かぎりでも戻ってきてもらうための、単なる方便にしたかもしれない。けれども、オービーが殺人犯だという推測がニーナの口からもれたわけはない。彼女にも教えていないのだから。

いいや、待て！　ニーナ自身が知らなくても、私のことを話したとすれば、オービーにこちらの推測が伝わった可能性はある。私がオービーに関心を持ち、いろいろと尋ねたこと。さらに私が、高校の死亡事故について根掘り葉掘り訊いたこと――このふたつをニーナが話せば、オービーにはすぐにピンと来たはずだ。私が関心を持つ真の理由を悟ったはずだ。

だしぬけに、胸くそが悪くなるような想像がうかんだ。ニーナがオービーに電話をかけ、大切な話があるけれども電話では言えないと伝える。話したいから今夜来てくれないか、と。オービーは、親が寝しずまったあと家を抜け出し、数時間をニーナと過ごす――すでに関係は終わっているのだろうが、もう一度そういうことになってもおかしくない。会話だって交わしただろうから、私がオービーや事故についてさんざん尋ねたことを知る。そこで慎重に探りを入れ、私の妻が市外に出かけていて、今夜は自宅に私ひとりであることを突き止める。ニーナがバスルームにでも行ったすきに、電話番号の控えで私の住所を見つけ出し、帰宅途中ここに立ち寄る。

これならばつじつまが合う。私が嗅ぎまわっていたことをオービーが知る方法は、これしか思いつかない。胸くその悪い話だ。やつがニーナのベッドからここに直行したなど、考えただけで吐き気がする。前の晩に私が寝たベッドから——わずか二十数時間前、私がニーナに愛をささやいた場所から。

ニーナを憎みたくはない。必死に憎むまいとした。自分に言い聞かせた——ニーナの電話でオービーが彼女のもとに戻ったとしても、しょせんは一、二ヵ月前に別れた女だ。ニーナにしてもオービーを呼んだのは、日記を読んで秘密を知った私に反発心がわいたからだ。われに返れば、すぐに前と同じ理由で関係を断ち切るだろう。そう考えると少し楽になった。あくまでも少しだが。

コーヒーをもう一杯いれる。ポットが空《から》になった。これで六杯目だったろうか。今回は朝食も作り、ふたたびコーヒーを沸かす。すでに外は明るくなっていた。あと一時間もしたら、スタイナーに電話をかけてもいいだろう。

だが、ちくしょう、どうやって説明すればいい？　私が嗅ぎまわっていたと、オービーが知ったかもしれない——ニーナの名前を出さずに、そのことが説明できるか？　しばし私は途方に暮れた。いや、オービーの知人に片端から訊きまわっていたと言えば、署長は疑問を抱かないのではないか。そう考えると、いくぶん不安がやわらいだ。私のことをオービーが聞きつけるのは、むしろ当然のことと思うだろう——そうならないよう細心の注意を払っていたんだと、力を込めて言いさえしなければ。

午前九時きっかり、私はスタイナーの自宅に電話をかけた。

3

女の声だ――スタイナー夫人だろう。「あいにくですが、主人は出かけておりまして」

「連絡先はおわかりですか？」

「すみませんが、今日は無理だと思いますわ。この週末は釣りにまいりましたから」

くそっ。「いつ戻られるのでしょうか？」

「あすの朝です。まっすぐ職場に向かうと申しておりました。九時にはオフィスに着くはずですわ。いつもそうしておりますから」

二十四時間も待てというのか！　私は粘った。「非常に大事な用件なんです。どちらで釣りをなさっているかご存じではないですか？　車で行ってみます、お会いできるかもしれませんから」

「川だと申していましたが、どこの川かまでは存じませんの。ボートを借りると申しておりましたわ」

万事休すだ。どこの川でだって釣りはできる。市のどちら側でも、四、五十マイル離れていても。しかもボートに乗っているとなれば、一週間かけても見つけることはできまい。私は夫人に礼を述べた。

「申し訳ございません。もし警察関係のご用事でしたら、もちろんオフィスは開いておりますわ。日曜はクーン警部が担当のはずです」

もう一度礼を言い、受話器を置いた。クーンに話したところで、サンタクロースへ手紙を書くのと同じだ。クーンは皮肉屋で猜疑心が強く、おまけに私を嫌っている。こちらが口をひらく前に、あちらは心を閉ざしてしまうだろう。もちろん一週間か二週間後、私が不慮の死を遂げれば、今日のことを思い出してなにかしら手を打ってくれるかもしれない。しかしそれでは、私にとっては少しばかり手遅れだ。

ならばやはり、スタイナーの帰りを待たなければならない。とはいえ、この家で待つわけにはいかない。オービーがまた襲ってきたら、袋のねずみだ。明日までは街のホテルで過ごすとしよう。明日の朝《ヘラルド》に電話をし、一、二時間遅刻すると伝えて、署長のオフィスで部屋の主《あるじ》の帰りを待とう。

また家のなかをひとめぐりし、物を片づけたり、窓を閉めて錠を下ろしたりした（一階の窓がふたつ開けっぱなしになっていたので、オービーの侵入口については容易に察しがついた）。それから、身の回りの物を鞄に詰めて家を出た。

ガレージから車を出す前に、いや、キーを回す前にボンネットを上げ、内部を念入りに確認する。とりわけ、ステアリング関係は調べられるかぎり。異常な点も、いじった形跡も見当たらない。どうやらオービーは、ここにはまだ考えが及んでいないようだ。あるいは車を持っていないから、いじるほどの整備知識がなかったとも考えられる。にもかかわらず、街までの道のり、私は一度もスピードを出せなかった。

　知り合いが勤めておらず、言い訳をせずにすむ小さめのホテルに部屋をとり、建物の隣の駐車場に車を入れた。ロビーで雑誌を何冊か仕入れ、日中はそれを読んだり、二本立ての映画を観たりして時間をつぶした。知り合いにはひとりも会わなかった。

　午後六時に早めの夕食をすませたあと、ふと思いついた。もしかしたら――私の説明を聞いてからのジョー・スタイナーの出方しだいだが――今夜だけではなく、あと何日かホテルに泊まったほうが賢明なのではないか。ひと晩しか泊まらないつもりだったから、それなりの物しか鞄に放りこまなかった。もう少し必要な物がある。取りに帰るなら、なるべく急いだほうがいいだろう。

　ビュイックを駐車場から出し、車で帰る――

――あと少しで、帰りつけるところだった。角を曲がり、家のあるブロックまで来たところで、一台の車が向こう向きに停まっているのが目に入った。私の家とは通りの反対側、数軒ぶん離れている。

　その車はポンコツだった。一九三〇年型くらいの黒のクーペ。金曜の午後、私を市外まで尾《つ》けてきた車だ。

　迷う時間があれば、怖くなってやめていたかもしれない。しかし時間はなかった。通りすぎずにうしろに停めるなら、ここでハンドルを切らなければ。私はハンドルを切り、ポンコツの後方、わずか数フィートのところに車を寄せた。

# 4

ポンコツのリアウィンドウは、小さいうえにあまりきれいではなかった。運転席にいるのがどんなやつか、まだ見えない。けれども向こうはこちらの車か、私自身を見とがめたにちがいない。うしろに停めた瞬間、スターターのうなりが聞こえた。しかしエンジンがかかる前に、私は車を飛び降り、運転席の横に駆けよった。

ニンジン色の髪の陰から、鋭い目が睨《ね》め上げる。ピート・ブレナー。ジミー・チョユナツキの親友のチンピラ小僧だ。

「よう、ピート」私は声をかけた。

返事はなかった。こちらを睨みつけ、視線をそらさせようとする。

「なんだってこの前は、おれの車を追ってきたんだ？　今夜はどうしてここで待ってた？」つとめて声音をやわらかく保つ。

「知ってんだろ。ジミー・チョユナツキのことを」

「ジミーの何を？」

「あんたと会ったあと、考えてみた。あれは事故なんかじゃねえ。きっとあいつは、殺《や》られたんだ」

「おまえは賢い子だな。おれもジミーは殺《や》られたと思う。どいつの仕業か知りたいか？」

「ふざけてんのか？　あいつはおれの親友だったんだぞ」

私は片手をポンコツの屋根にかけた。「よし。じゃあ協力できそうだな。しかし、そう思ったんなら、どうして直接会いに来なかった？　あとを尾《つ》けるんじゃなくて」

「信用できるかよ。あんたの魂胆もわからねえってのに」

「魂胆？　ごあいさつだな、記者証は見せたろ」

「けど、今週は休暇だ。いや、もう先週か。おれに話を聞きに来た日は休暇中だったんだろ。知ってるぜ、ジミーの件が気になりはじめてから、行って聞いてきたんでな。それであんたのことも、おかしいと思うようになったんだ。仕事じゃなかったんなら、魂胆はなんなんだ？　五ドルも摑ませて、あげく、どうでもいいような話をしただけで。さっぱりわからねえ」

なるほど、あれは失策だった。あのとき正直に打ち明けていれば、こいつはもっと情報を（持っていればの話だが）くれたはずだ――どれほど金を積むよりも。ともあれいまは、そのあやまちを正すチャンスだ。

私は言った。「さぞかし変だと思ったろうな。でも、重大なことを摑んだんで、危ない橋は渡りたくなかったんだ。だから五ドル渡して、説明せずにすませた」

「けど、休暇中ってのはなんなんだ？」

「休暇をつぶしてでかいネタを追っかけてた、それだけさ。さあ、うちに来いよ。なかで話そう」

「ここでも話せるだろ」疑問には答えたはずだが、まだこちらを疑っている。

「まあな」私は語を継いだ。「でも、うちのほうがいいと思うぞ。おれは、ジミーは殺されたんだと思っている。どいつが殺したかもわかっているつもりだ。けど、ここに突っ立ったままじゃ、その話はできないな」

「わかった」ピートは車から降り、私のあとについて、家のポーチに上がってきた。

私はドアに鍵を差そうと、小腰をかがめた。とたんに、背中のどまんなかに硬い物が当たった。ピートが言った。「動くな。入る前に、物騒なもんを隠してねえか調べるだけだ」

片手が伸びて、ショルダーホルスターをさげていないか、ポケットはどうだと探ってくる。私はじっとして、されるがままになっていた。それがすんでから、鍵を回してなかに入り、玄関の明かりをつけた。あたりを念入りに見まわし、お客がもう一度来た形跡がないことを確かめる。

それから、口をひらいた。「キッチンに行こう。おれは缶ビールだ。おまえも飲むか？」

「ああ」

それぞれ缶ビールを持ち、テーブルにつく。私は言った。「さあ、よく聞けよ。もう隠しておく理由はないし、練習のためにでも話すさ。明日の朝、警察へ言いに行くんだ、スタイナー署長に直接な。けど、話の前にふたつだけ約束してくれ。ひとつ、この件は胸の内におさめて、だれにも話さないこと。いいな？」

「ああ」

「ふたつ、おれの話を聞いても、自分で動こうとはするな。復讐はやめておけ。警察にまかせるんだ」

「わかった」

「それでいい。ところで、本当に銃を持ってるのか？」

「いいや。パイプだ、さっき突きつけたのは」

「そうか。じゃあ話すぞ。ジミーを殺したのはオービー・ウェストファルだと、おれは考えている」

ピートは笑いだした。私は、その笑いがやむのを待った。ピートは笑うのをやめ、じっとこちらを睨みつけた。「いったいどこから、そんないかれた考えがわいて出た？」

私は一の一から、すべてを話した。ただし、エディプスうんぬんは省いた――もちろんニーナのことも。いっぽう、高校の事故については一件一件説明した。それから貨車操車場《ジャングル》のことも、それに――とにかく、何もかも打ち明けた。昨夜起きたことさえも。

「なんてこった」長い話を語りおえると、ピートはそうつぶやいた。

信じてくれたようだ。

「くそっ、水曜の時点でそいつを聞いてりゃ。ゆうべあんたが殺されかけたのは、おれのせいだ。昨日の午後オービーに、あんたのことをばらしちまった。あいつが何か知ってるかと思って」

むろんピートには言えないが、それを聞けてよかったと思った。ニーナがオービーに告げ口したわけではないとわかって、ずいぶん気持ちが楽になった。

「おまえのせいじゃない。気にするな。まあ、これで事情はわかったろ。何かつけ加えることはないか？　水曜におれに話さなかったことで、いまなら話せることはないのか？」

ゆっくりとかぶりを振る。「ねえな、なんにも。でも、こっちで起きたことを話しとくよ。あんたにいろいろ訊かれたあと、ジミーのやつの身に何が起こったのかを考えて、殺《や》られたんじゃないかと思うようになった。あんたほど考える材料はなかったが――オービーの親父が葬式代を出したことも、ジミーが死んだときにオービーの財布がポケットに入ってたことも、おれは知らなかったから。でもおれもあんたと同じように、コースターが最初の山をのぼっていくときの、あのくそやかましい音のことを思い出したんだ。コースターが来るってのに、ジミーが気づかないわけがねえんだ。そうだろ？」

うなずいてみせる。

「あの晩、ずいぶんいろいろ考えた。次の日の朝、店に行って仕事を辞めて――今回のことだけが原因じゃなく、もともとそのつもりだったんだ。しみったれた仕事だったし、もっといい働き口もあるからな。あんたと話して、魂胆を探り出したいと思った。それで《ヘラルド》に行ったんだ。あそこのぼうやに知り合いがいるんだ、ビリー・ニューマンってやつ。どこであんたに会えるかあいつに訊いたら、休暇で市外へ釣りに出かけたはずだって。話が違うんで、変に思ってな。しばらくあんたを観察して、何をたくらんでるのか確かめることにした。夜の早いうちに、ここん家《ち》の前に来てな。明かりがついてたんで、会社で聞いたのとは違って、出かけてねえってわかったんだ」

「その日の夜も、おれのあとを尾《つ》けたのか？」

「ああ。九時ごろ記者連中のたまってるバーに行って、十一時ごろ帰ってきて、それから寝たろ？　ともかく明かりが消えたから、おれも家に帰った。ろくに何も摑めなかったんで、次の日に出なおして、昼からまた尾《つ》けはじめた。街のレストランに行って――そこであんたが飯を食ってるすきに、おれは向かいでサンドイッチを食って――そのあと、71号線で市外に出たんで、おれもくっついていった。そんときに見つかったのさ。金曜日だったな。

まあそれで、あんたに車がばれちまったろうから、尾《つ》けるのはやめなきゃならなかった。それでもう少し考えてみて、あんたがひとつふたつ、オービー・ウェストファルのことを質問してきたのを思い出した。だから昨日の午後、やつの家を訪ねて、あんたと知り合いなのかと尋ねた。いいや、とやつは答えたが、なんの話だと訊いてきた。だからジミー・チョユナツキとおまえのことを、あれこれ質問されたんだと答えたんだ。それであいつは、あんたの肚《はら》を見抜いたんだよ」

「だけど今夜は、うちの前で何をやってたんだ？」私は尋ねた。「同じ車でもう一度、おれを尾《つ》けようとしたわけじゃないんだろ？」

「ああ。尾《つ》けても無駄だったから、直接話を聞こうと思ってさ。だから帰りを待ってたんだよ。けど、あんたがあんなふうにうしろに停めるから、急に怖くなっちまった。あのクズ鉄がさっさと動きゃ、ずらかってたところだぜ。なあ……」

「なんだ？」

「あんたさっき、オービーを尾《つ》けた夜、あいつは貨車操車場《ジャングル》に散歩に出かけたって言っただろ？そりゃ何時のことだ？」

「九時ごろに家を出て、十時半ごろに戻ってきたな」

「たぶん、今夜も行くと思うぜ。ふたりいりゃ、今度は見失わないかも」

「よせ」私はさえぎった。「おれは手を引くんだ。明日になったら警察に話して、ニック・カーター（アメリカの架空の人気探偵）ごっこは終了だ。だいたい今夜はもう、あっちだって警戒してるだろ」

「そりゃあな。でも見つかりっこねえさ。おれのポンコツを使えばいい、あいつは知らねえから。充分に距離をとって、やつの家の杭垣の戸が見えるぎりぎりに停める。で、やつが散歩に出て、貨車操車場《ジャングル》に向かっても、そのあとは尾《つ》けねえ。わかるだろ？ 違う道から先回りしてやるんだ。それで、暗がりで待ちぶせて、来たところをとっつかまえる。やつは道々、ずっと警戒するだろうが、着いたときには油断してるはずだ。だから簡単にやれるさ」

「退《しりぞ》け、わがうしろに（『マタイ伝』第十六章第二十三節、ほか）。やめておけ、ピート」

「やつに見られたんなら、あんたはやめといたほうがいいかもしれねえけどな。見られたのか？」

記憶をたどってみて、それはないと思うと答えた。あいつが私の存在を知ったのは、昨日の午後のことだという。そのとき私はハーヴ・ウィーランの家でポーカーにふけり、夜中まで帰宅しなかった。オービーがうちを見張っていて、帰ってくる私を目撃したとしても、暗がりで遠くから見ただけのはずだ。私はすぐにガレージに車を入れ、なかから扉を閉めた。そのあたりはさらに暗かったから、ガレージ側面のドアから家の裏口に向かったときも、せいぜい影くらいしか見えなかっただろう。そして今朝は、早いうちに街のホテルにチェックインし、ほぼ丸一日、一時間前までそこにとどまっていたのだ。

「でも、おまえはやつに知られてるだろ」

「おれのことは心配すんな。貨車操車場《ジャングル》にひそんじまえば平気だ」ピートは立ち上がった。「とにかくおれはやってみる。明日あんたがサツに喋って、やつがパクられちまうんなら、お楽しみのチャンスは今夜だけだろ」

「やつは、今夜は外出しないと思うぞ」

ピートはにやりとした。「だとしたって、失うものがあるかよ。とにかく一、二時間はやってみる。それじゃあな」

止められないのはわかっていたし、この向こう見ずな小僧をひとりで行かせるのも嫌だった。「待て待て。わかった、おれも行く。だがな、十時にはおひらきにするぞ」腕時計に目を落とす。午後七時半。「その前に、十分だけ待ってろ。おれは荷物を取りに帰ってきたんだ。いまのうちに、すましておいたほうがよさそうだ。それから車二台で、オービーの家から数ブロックのところまで行く。そこまで行ったらおれは車を置いて、おまえの車に乗りこむ。そうすればここに戻ってこなくてすむし、おまえも街までおれを送らずにすむからな」

われわれはそれを実行した。ピートはポンコツを、ウェストファルの家からまるまる一ブロック離して停めた――離れてはいるが、正面の杭垣の戸が見える位置に。これだけ距離をとっておけば、出てきたオービーが操車場ではなくこちらに向かってきたとしても、余裕をもってUターンして逃げられる。もしくは身をかがめてやりすごすだけでもいい。この車自体は、あいつに知られていないのだから。

しかし私は、心の底から願っていた。オービー、家のなかでじっとしていろ。何もしでかすな。午後九時十五分前、オービーが杭垣の戸から出てきて、向こうへ歩きだした——貨車操車場《ジャングル》の方角へ。

時間は充分にある——あそこまで歩いていくには二十分か二十五分かかるだろうが、こちらは車だ、五分で行ける——やつの横を通らずにすむように迂回ルートをとっても。そこでピートは、車を出すのを五分近く待った。そのあいだにオービーは、さらに一、二ブロック遠ざかった。これならポンコツの発進音も、ぜったいにやつの耳には届かない。

ピートは車を飛ばした。たいした運転技術だ。操車場から半ブロックのあたりで路地に入ったかと思うと、路地を抜けるやハンドルを切り、倉庫の荷積み場に停車した。徒歩ですばやく通りに戻り、操車場に入る。時間はたっぷりある。オービーはまだ影もない。

今夜は、近くに列車の数は多くなかった。ただ、線路の四本目と五本目に並列して二本停まっていて、そのあいだは暗がりになっていた。月は明るいけれども、空の低い位置にある。ひらけた場所はよく見えるが、陰になっている場所はかなり暗い。

車両と車両のすきまから様子をうかがっていると、数分後にオービーの姿が見えた。われわれと同じところから、操車場に入ってきた。ピートが言った。「おれたちと同じとこを通るつもりだ。この列車のあいだ、ここに入ってくる気だぜ。車両を順ぐりに見てって、空いたとこを見つけて、いったん隠れてやりすごそう。それから尾《つ》けるんだ」

いい意見に思えた。われわれは早足で列車と列車のあいだを歩いた。最初に見つかった空車は右側の四両目だった。ピートが乗りこみ、こちらに言う。「急げ。もう来るぞ」

オービーは早くも向こう端の車両を曲がって姿を現わし、こちらに向かってきていた。私はこのとき、少しおかしくなっていたのかもしれない。ピートのあとには続かず、小声で言った。

「見えないところに引っこんでろ。やつと話がしたい。会話が聞こえるように、戸口の横に隠れててくれ」

ピートは小声を返した。「了解、相棒」それからすぐに、姿を消した。

四両ぶん離れたところから暗がりのなかの私が見えたとしても、ぼんやりとしか見えないはずだ。支度をする時間はまだ少しある。私はネクタイをさっと外し、ポケットに突っこんだ。帽子のつばをぐるりと下げ、上着の襟を立てる。かがみこんで、乾いた土を両手で集め、靴のつま先に塗りたくる。土のあらかたをはたき落としてから、その掌《てのひら》で顔を撫でまわす。幸い今朝はひげを剃っていない。うっすら生えたひげが土まみれになっていれば、数日は剃っていないように見えるだろう。さらにうまい具合に、ここ一週間はほぼ同じスーツばかり、アイロンもかけずに着ていた。しかも、洗っているのかそうでないのかわかりにくい、くすんだ色合いのスーツだ。月明かりのもとでも、これならホーボーで通るだろう。

もどかしく煙草を探り出し、一本抜いて口に突っこむ。それから数歩前に出て、近づいてきたオービーを迎えた。「マッチはあるかい?」そう尋ねる。

「あるよ」オービーはポケットから紙マッチを出すと、一本つけて手で覆いながら差し出してきた。私はその火に、煙草の穂先を近づけた。

つかの間明るく照らし出された顔に、笑みがうかんでいた。朗らかな少年の笑み。あまりにも自然な笑みなので、迷いが生じてしまった——私はまるっきり、誤解をしていたのではないか。偶然に偶然が重なって、こんなところまで——

「いい夜だね」オービーが言った。

うなずいて、「ああ」と口にするのがやっとだった——脳みそが、これまで信じていたことをどうにかもう一度信じようと、ぐるぐると回りつづけていた。この少年が人殺しだと？　あり得ない。どこかでまちがいを犯したのだ。

「この市には着いたばかり？」オービーが尋ねる。

またうなずく。「このへんの景気はどうだね？」

「いいんじゃないかな。ぼくはまだ学生だけど。どんな仕事をしてるの？」

「印刷工だ」私は答えた。「ライノタイプ（欧文活字の鋳造、および植字を行う機械）のオペレーターさ。で、あんたは……」

南のほうから汽笛が響いた。機関車が蒸気を吐き、連結器がガチャガチャと鳴り、私の言葉をかき消す。背後の列車が動きだし、ピート・ブレナーを乗せた車両がゆっくりと離れていく。列車が動きだした瞬間、私もオービーも一歩退《さ》がった。オービーの顔が月明かりに照らされた。その目は少年らしく輝いていた。「乗ろうよ。操車場で列車に乗るの、好きなんだ」

敏捷に駆けだすと、通過しかけた車両のはしごを摑む。私はぎりぎりまでためらった。せかされたり、ついてきているかと振り返られたりしていたら、きっとやめていたことだろう。けれどもオービーは、そのまま屋根までのぼっていった。列車のスピードはまだ出ておらず、私でも簡単に、はしごに飛びついてあとに続くことができた。屋根の上にたどりつくと、オービーは細長い足場《キャットウォーク》に腰かけて、またマッチを手で覆い、煙草に火をつけていた。

彼は言った。「好きなんだ、列車に乗るの。でも、もうじきやめなきゃ。学校が始まったらさ、勉強とフットボールで、ここに来る暇がなくなるから。やったことある？　フットボール」

「ないな。がたいが足りないから」そう答えた。列車と風の音がやかましく、互いに声を張り上げなければならない。私は煙草をはじき飛ばした。赤い火が、弧を描いて闇に消えた。より座りやすそうな、ブレーキハンドルのそばに移動する。そこは涼しくて、快適な場所だった。ここに来るのが好きだからといって、オービーを責める気にはなれない。

私は振り向き、オービーからさらに言葉を引き出そうと口をひらきかけた。ブレーキハンドルになんの気なしに載せていた手が、次の瞬間に命を救ってくれた。

どん、と押されて、身体が貨車の端から落ちた。乗っていた車両と、すぐ前の車両のはざまに。あれほど唐突に強い力で押されては、身がまえていたとしても転落していただろう。けれどもとっさに左手が、鉄製のブレーキハンドルを握りしめた。私は動く車両のはざまに、片手ひとつでぶら下がった。細い連結器の下は、もう線路だ。

オービーは上体を折って手を伸ばし、私の指をこじ開けようとした。うつむいたせいで、顔が影に覆われた。だからいまだに人殺しのさなか、どちらの顔をしていたのかわからない。悪鬼の形相か、高校生の少年の笑顔か。きっと見ずにすんで、知らずにすんでよかったのだろう。どちらの顔でも、のちのちまで悪夢にうなされた気がする。どちらの顔がよけいに邪悪に映っただろうか――それも私にはわからない。

ぶら下がりながら、あと一、二秒で死ぬんだと考えた。いっぽうで頭の一部は冷えていて、自分自身を罵っていた――どうしようもない馬鹿だ、俺は。俺は知ってたんだ、それなのに考えもなしに、こんなところに来てしまった。正体がばれていない、そこにばかり気をとられて、けろりと忘れていた――こんな状況になれば、ばれていようといまいと、関係なく殺されるのだ。

オービーは今度は両手で、私の手を引きはがそうとした。私は死にものぐるいで、もう片方の手をハンドルに伸ばした。だが、届かない。いまにもこじ開けられそうな左手では、力を入れて身体を引き上げ、右手をそこまで持っていくことができない。

しかし突然、オービーの頭をかすめて、何かが弧を描いた。列車の騒音が響くなかでも、重く鈍い音が聞こえて、オービーがこちらに倒れてきた。ハンドルを摑みそこねた私の右手が、キャットウォークの端っこを摑んだ。それで少し、身体を引き上げることができた。覆いかぶさった巨体が、私の背中をこすっていく。

手が出てきて、私の手首を摑んでくれた。ピート・ブレナーだ。車両の端から身を乗り出している。その右手には、ポケットに入れていたパイプが握られていた。あのとき気がつくべきだった。煙草を吸うパイプではない。長さ八インチの鉛のパイプ管。

ピートは握りしめたパイプ管がもはや不要になったことに気づき、それを車両の横から放り捨てると、両手で私を引き上げた。

そのとき私は下を見た。オービーは連結器にくの字に引っかかっていたが、すでにすべり落ちかけていた。最初に落ちたのは頭だった。頭がレールにぶつかり、車両が身体を下敷きにするのを、私は目の当たりにした。

ややあって連結器のきしむ音が響き、列車が速度を落としつつあることがわかった。バックするつもりなのだろうが、そこまで待たずにわれわれは列車を降り、最短ルートを通って操車場を出ると、通りを抜けてピートが車を置いた場所に戻ってきた。

それほど言葉は交わさなかったけれども、ピートはことの次第を説明してくれた。乗っている車両が動きだしたので戸口から首を突き出し、三両うしろの私の姿を見たのだという。私はオービーのあとについて、車両前端のはしごをのぼっていた。ピートは飛び降り、そのはしごを摑まえた。そして、屋根のすぐ下までのぼってきて、私たちの会話を聞いていた。すると私の叫び声がした。オービーに押されたときのことだ。知らぬ間に叫んでいたらしいが、無理もないことだろう。ピートは屋根にのぼると、ハンドルから私の手を引きはがそうとしているオービーを、したたかにぶん殴った。

私の車まで送ってもらい、そこで別れた。私は車を飛ばして家に帰った。空港に電話を入れ、それからミリーに電話をかけた。出たミリーに、全部片づいた、もう帰ってきてもいい、いいや、なんとしても帰ってきてほしい、今夜のうちに帰ってきてくれと言った。いまからすぐ、義姉《ねえ》さんの旦那が空港まで送ってくれたら、飛行機を押さえてあるから、真夜中前に着けるよ。ぼくが迎えに行くから、と。ミリーはひとこと、それはよかったわ、と言った。

# 月曜日

## 1

午前九時十五分、ハリー・ローランドが出かける途中、私のデスクにやってきた。「エドが来いってよ」私は腰を上げ、エドのオフィスに入った。

部長は言った。「休暇はどうだった？」

「まずまずですね」

「しょっぱなは楽な仕事にしてやる。まあ、これも奇縁ってやつか。休暇に入る前の日、ホワイトウォーターで死亡したと思われた少年がいただろ。ウェストファルって名の、おまえの記事を載せるはずだった。憶えてるか？」

「憶えてますよ」

「そのウェストファル少年が死んだ。ゆうべな。貨車操車場の列車に遊びで乗ってて、車両のすきまに転落した。頭を轢かれたそうだが――今度の身元確認は、まさかしくじっちゃいないだろう」

「どのくらいで行きますか?」

「馬力をふりしぼれ。少年の父親は広告主だし、ローランドの話じゃ、少年自身も高校で有名人だったそうだからな。細かいとこは、ローランドがニュース記事で書く。おまえは少年を褒めちぎれ。前のあれみたいに」

「わかりました」

「急がなくていいぞ。いいものに仕上げろ」

私はデスクに戻ると、いちばん上の引出しの奥をあさった。それはまだ、そこにあった。九日前に私が書いた記事。書き出しはこうなっていた。〝本日、ホワイトウォーター・ビーチにて、ジェットコースターの車輪の下敷きになった――〟芯の太くてやわらかいコピー鉛筆を手にとり、その部分を塗りつぶして、以下のように直した。〝昨夜、〈C、D&I操車場〉にて、貨車の車輪の下敷きになった――〟

六枚の原稿に最後まで目を通したが、あとは一文字も直すところはなかった。けれども、あと一時間は出すわけにはいかない。私は椅子に座ったまま、何もない宙を見つめていた。やがて天井近くのどこかで、ハエがけたたましく騒ぎはじめた……

# 訳者あとがき

「どこから見ても　スーパーマンじゃない　スペースオペラの主役になれない　危機一髪も救えない　ご期待通りに現われない　ためいきつく程　イキじゃない　拍手をする程　働らかない」

いまは亡き阿久悠氏作詞「スターダスト　ボーイズ」の一節である。零細企業に勤める宇宙船パイロット（既婚）が主人公の、ユーモアとペーソスただよう異色ＳＦアニメ『宇宙船サジタリウス』（日本アニメーション、一九八六〜八七）のオープニングテーマだ。このあと、サビはこのように続く。「だからといって　駄目じゃない　駄目じゃない　スターダスト　ボーイズ　駄目じゃない」

本作品の主人公もまちがいなく、どこから見てもスーパーマンではない。ため息をつくほど粋でもない。それどころか彼の場合、「駄目じゃない」かどうかさえ怪しい。

ただ、これだけは言える。彼は働く――本来の仕事とは無関係のところで、いっそ拍手を送りたくなるほどに。誰ひとり（主人公本人すら）「ご期待」しているとも思われないのに、読者をも置き去りにしそうな勢いでみずから〝ディープエンド〟へと呑みこまれていく。

本書の原題“The Deep End”はプールなどの深いところを指し、成句 go off the deep end で、

（1）プールの深いところへ飛びこむ（2）無鉄砲に事を始める、見境をなくす、理性を失う、といった意味になる。本作でも、この両方の意味で用いられている。

ではこの主人公は、どっぷり心まで〝ディープエンド〟に沈みこんでしまったのだろうか？　とるべき道をとらず、ひとり勝手に暴走したにすぎないのか？　そういう面も多々あるだろうが、すべてがそうともいいきれないところが悩ましい。いっそこの男はおかしいと断定できれば、読み手のこちらはかえって安心できるというものだが、そこは一筋縄ではいかない作家のこと、なかなか尻尾を摑ませてはくれない。

マンガ家の吾妻ひでお氏は近著『失踪日記2　アル中病棟』（イースト・プレス、二〇一三）の巻末対談で本書の作者を取り上げ、「SFのギャグっていうのも、フレドリック・ブラウンなんかボケるだけボケてつっこまないでしょう」と語り、対談相手のとり・みき氏は「つっこむのは読者にゆだねて」と応じている。本作はSFではないものの、ある意味ではこの範疇に入るか、そこまではいかずとも親戚筋くらいにあたる作品なのかもしれない。突っ走る主人公と、それに伴う事態の展開もふくめて、あくまで真面目に受け止めるか、読者の突っこみ待ちの「ボケ」ととらえるか。解釈には大いに迷うところだが、そう思いつつもショート・ショートの名手でもある作者の、軽妙自在な語り口にはついつい惹きこまれてしまう。

多くの先達の手により、邦訳されてきたフレドリック・ブラウンの作品群。そのなかで長らく未訳となっていた長編に、恐れ多くも若輩者の私が挑む機会をいただいた。この大役をお与えくださり、訳者の不備を辛抱強くフォローしてくださった論創社の黒田明氏、訳文をきめ細かくチェックしてくださった福島啓子氏、原文の解釈についての質問に、ひとつひとつ丁寧にお答えくださったミシェル・ラフェイ氏（もちろん訳文の不備は、すべて訳者の責任である）に厚く感謝申し上げます。さらに、さまざまな形でお力添えをくださった方々、および読者の皆さまに心よりお礼を申し上げます。

二〇一四年一月

# F・ブラウン、四十年ぶりの邦訳

木村　仁（ＳＲの会）

みなさん、お待ちかねのフレドリック・ブラウンの未訳長編ミステリである。

ブラウンの長編小説が日本で新刊として最後に出版されたのは、一九七三年の『手斧が首を切りにきた』（創元推理文庫）であるから、なんと四十年ぶりの新刊ということになる（ＳＦも含めると一九八二年のサンリオ文庫の短編集『フレドリック・ブラウン傑作集』以来である）。

まずはブラウンの経歴と作品を振り返った後、本作『ディープエンド』について語ることにしよう。

◆フレドリック・ブラウンとは

フレドリック・ブラウンは一九〇六年にアメリカ合衆国オハイオ州シンシナティで生まれた。大学を中退した後、旅巡業カーニバルなどの職業を経験し、新聞社・雑誌社の校正係の仕事をしながら（このあたりの経験がその後の作品に大きく活かされている）、一九三六年頃から執筆を開始する。

パルプマガジンにミステリやSFの中短編やショートショートを書きながら、一九四七年、初長編『シカゴ・ブルース』でアメリカ探偵作家クラブ（MWA）最優秀処女長編賞を受賞する。その後、六〇年初めまで、ほぼ毎年のように長編を発表した。ミステリではエド・ハンター・シリーズが七作とノン・シリーズが十五作、SFが五作、普通小説が一作ある。一九七二年に没した。

ブラウンは、わが国のSF黎明期におけるSF及びショートショートの啓蒙者として高く評価されている。筆者は大学時代、ミステリ愛好会だけではなくSF研究部にも籍をおいていた。その頃「SF界の三巨匠、ABC」というものがあり、Aがアシモフ、Bがブラウン、Cがクラークのことであった（後にBはブラッドベリに代わった）。

その当時、ブラウンの人気・知名度が高かった証しとして、筒井康隆の短編に「フレドリック式ブラウン管」というギャグが使われたり、また谷啓主演のTV番組でブラウンの『未来世界から来た男』の短編がコントとして使用されたりしたことがあげられる。しかし現在、新刊書店で見かけるブラウンの作品となると短編集『まっ白な嘘』と『復讐の女神』の二冊くらいで淋しい限りである。

筆者が所属するSRの会（結成六十年を越えるミステリ同好会）では新刊の国内・海外ミステリを会員が評点し、平均点でその年の順位を決めるという行事（？）を一九六六年から毎年行っている。ブラウンのミステリ作品の評価を調べてみると、七一年に『殺人プロット』が三十四位、七三年に『手斧が首を切りにきた』が五位になった以外は、得票数不足などで圏外となっている。

このようにミステリ作家としてのブラウンを考えた場合、紹介された作品数の割には正統な評価を受けることが少なかったというのが正直な感想である。

◆ミステリ作家としてのブラウン

本作『ディープエンド』について触れる前に、刊行されたブラウンのミステリの中でノン・シリーズ物を発表順に振り返り、彼のミステリとは何かを探ってみたいと思う。

『殺人プロット』(Murder Can Be Fun,1948)

ラジオドラマの脚本家である主人公が考えていたアイディア(サンタクロースの衣装を着て殺人をする)どおりの殺人事件が発生。自身の無実証明のために捜査に乗り出す。舞台となっているのがラジオ放送局の世界というのも、今となっては新鮮である。主人公が酒飲みという設定はこの作品で始まっていたのだ(エド・ハンターのアム伯父も酒好きである)。評価は「Bクラスの上」(以下、筆者による評価はA〜Eまでの五段階。ただしD、E評価の作品がなかったので、Bを上・中・下の三段階に分けた)

『通り魔』(The Screaming Mimi,1949)

飲んだくれ新聞記者の主人公が酒場から帰る途中で殺人未遂現場を目撃する。殺されそうになった被害者は絶品の美女。主人公は彼女への下心から犯人究明に乗り出す。手がかりは、身もだえて叫ぶ女性の人形。今や熱狂的な信奉者を持つダリオ・アルジェント監督の映画『歓びの毒牙』の原作である。映画をほうふつさせるサスペンスあふれる傑作となっている。「A」

『手斧が首を切りにきた』(Here Comes A Candle,1950)

ギャングの使い走りをやっている主人公の前に現れた二人の女性。清純な女性と完璧な肉体を持つ妖艶な女性。さあ、どちらに人生をゆだねるか。表題はマザーグースの童謡で、不気味な雰囲気を漂わせている。物語の冒頭で結末を暗示し、ラジオドラマ・映画・スポーツ中継などのスタイルを折込みながら、新聞記事で終わるという技巧あふれる青春物の傑作である。「A」

『不思議な国の殺人』(Night of the Jabberwock,1950)

小さな町で新聞を発行している主人公の夢は、他の新聞を出し抜いた特ダネで紙面を飾ることだ。その夜は奇跡のように次から次へと事件に出くわすが、どれも新聞に載せることができない。しかも殺人まで起き、犯人として自分自身が指名手配されるという始末に。『不思議な国のアリス』を題材にユーモラスに展開する、一夜の出来事のドタバタ・ミステリ。「A」

『遠い悲鳴』(The Far Cry,1951)

療養のために人里離れた一軒家に住むことにした主人公。そこは八年前の殺人事件の発端となった場所だった！　主人公は、友人の出版の手伝いという名目でしぶしぶ殺人事件の再調査を始めるが、次第に被害者の女性に強い興味を抱きはじめ、事件へのめりこんで行く。シリアスに展開する、ブラウンの中ではやや異色の作品。「Bの下」

『霧の壁』(We All Killed Grandma,1952)

殺された祖母の死体を発見したショックで、それまでの記憶を失くした主人公。自分が犯人ではないことを確かめるため、記憶を取り戻すべく調査に乗り出す。主人公の職業はコピーライター。ミステリ中の人物の職業として、当時は珍しかったと思われる。ユーモラスでもあり、シリアスでもあるうえ、謎解きもある。「Bの下」

『現金を捜せ!』(Madball,1953)

カーニバルをまるまる舞台にしたクライムもの。カーニバルが好きな作家というとブラッドベリが思い出されるが、ブラウンも負けてはいない(アム伯父はカーニバルで働いていた)。現金をめぐる集団劇で、特定の主人公はいない。隠し場所自体は意外ではない。「C」

『彼の名は死』(His Name Was Death,1954)

最初に翻訳されたブラウンの長編ミステリ。東京創元社の「クライムクラブ」の一冊として一九五九年に刊行された(この叢書は植草甚一氏が作品選定と解説執筆を担当し、『非常線』『死刑台のエレベーター』『藁の女』『殺人交叉点』『ハマースミスのうじ虫』『歯と爪』等々の傑作が紹介されたことで有名)。九枚の十ドル札の行き先を巡って視点が章ごとに変わるという構成が見事。ブラウンの技巧がさえる作品である。「A」

『B・ガール』(The Wench Is Dead,1955)

取材のため本業の高校教師を休職して、二ケ月間サンフランシスコで浮浪者として暮す主人公。知り合いの娼婦が殺されるが、犯人探しに興味を示すことはなく、金と酒を工面する日々を送る。このあたりの書き方はさすがブラウン、実に手馴れたもの。最後に事件は勝手に解決し、メデタシメデタシの結末となる。「C」

余談だが、日本語タイトルは本文にも登場するように「商売女」を意味する(原題の【Wench】に相当)。その昔、わが国では女性事務員を「BG」と呼称していた。だが元の語である【Business Girl】が「商売女」と誤解されるおそれがあるという理由から一九六四年のオリンピック直前に突如「OL」という名称に代えられた。まさにこの題名の意味するところが原因である。さらに余談であるが、この作品は東京創元社から「世界名作推理小説大系」の一冊として刊行され、その後は文庫化されていない。

『やさしい死神』(The Lenient Beast,1956)

信仰が厚い老人の家の庭で、男の死体が発見される。身元は判明し、他殺であることが証明されるが、他には手掛かりがない。担当刑事のひとりは執拗にある人物をマークするが……。ブラウンには珍しく、刑事が主人公である。殺人の動機の意外性がポイントである。ブラウンはこの時代から、何でもやっていたということを認識させられる。「Bの中」

『モーテルの女』（One for the Road,1956）

アリゾナ州の小さな町のモーテルで、女性の死体が発見される。被害者は名うての酒飲みで、全裸のまま胸を刺されていた。週刊新聞の記者である主人公にとって初めての殺人事件。取材を兼ねて警察の捜査に協力することになる。だが手がかりは見つからない。冒頭から全裸死体というショッキングな題材をぶつけてくるが、後は酒と金のブラウン節である。ロマンスも入って、フィニッシュがピタリと決まる。「Bの上」

『3、1、2とノックせよ』（Knock Three-One-Two,1959）

タイトルが素晴らしい。創元文庫では「帽子マーク（本格）」で出た時もあったが、「猫マーク（サスペンス）」の方が正しいであろう。主人公は酒のセールスマン。ギャンブル好きで賭金の返済を迫られている。そのやりくりに行き詰まったとき、ふと気が付くとバーの客の中に……。文庫の扉の紹介文にも書かれている、この名場面の時点で既に本文の四分の三が過ぎているが、この後の手に汗にぎるサスペンスはお見事である。「A」

『交換殺人』（The Murderers,1961）

ネットでの普及もあって今や一般的（?）になった「交換殺人」である。ミステリに使われて有名なのは、ヒッチコック映画『見知らぬ乗客』(原作はパトリシア・ハイスミス)。後に『血塗られた報酬』(ニコラス・ブレイク)が発表された時、『見知らぬ乗客』との類似性が問題になったとのことだが、ブラウンの場合は何もなかったようである。分類上は倒叙物と思うが、文庫本は「猫マーク(サスペンス)」になっていた。主人公が俳優で、舞台がハリウッドというのは、ブラウンとしては珍しい。主人公と友人が交換殺人を思いつくのは本文の約半分あたり。なるほどブラウンならこう来るか、という読後感である「Bの上」

『悪夢の五日間』(The Five-Day Nightmare,1962)

家に帰ると妻の姿がなく、犯人からの身代金請求書が残されていた。もし要求にそむけば、最近起きている連続人妻誘拐事件の一人目のように人質を殺すという内容であった。株式仲買会社の共同経営者である主人公は身代金の二万五千ドルの確保に駆け回る。物語の半分以上は身代金の金策が主であるが、これが実に克明で面白い。結末は思わず手を打つ素晴らしさ。「A」

ブラウンが没した一九七二年、筆者が所属していた大学のミステリ愛好会が発行していた機関紙で追悼特集を組んだが、そこに筆者は次のようなコメントを書いた。

ブラウンの作品は奇想天外な話をポイと日常的な結末の中で終らせるところに特徴があるのだから、論理を第一義とする推理小説とは本質的に合わないのかもしれない。

若気のいたりであった。タイムスリップして訂正したい心境である。今回、ブラウンのミステリ全作を再読して感じたことは、奇想天外な話を扱っている訳ではなく、ごく日常的な状況の中で起きた事件だということである。ただし事件自体は日常の謎ではなく殺人などの犯罪であり、それに主人公が巻き込まれて（または関わって）、最後に論理的とは言わないが、物語的に納得の行く結末に到達するのである。

以上が今回の結論めいた考察である。

蛇足として、再読で気づいたブラウン・ミステリの特徴をあげてみる。

まず主人公の職業であるが、刑事が一作だけで、他は普通の職業である。記者が多いのは、ブラウン自身の経験に基づいているのであろう。また主人公を初めとして登場人物は酒好きであり、実によく飲む。と同時に、飲むことをこれだけ描写する作家も珍しい（筆者はパイントやガロンという単位をブラウンの小説で学んだ）。また食事についても細かに描写しており、主人公が朝昼夕に何を食べたのかだいたい分かるようになっている。さらにそれらに関するお金の出し入れまでも詳細に記述されている。

そして、ブラウン作品の利点として特筆したいのは、「軽い」ことである。いや「軽ハードボイルド」の「軽い」ではなく、正真正銘の本の軽さである。「薄さ」と言い替えても良い。昨今の四百ページを越えるボリュームでしかも上下巻という作品に比べて、我がブラウンの一冊の何と軽いことよ。しかし、不可思議な発端から意外な結末まで、起承転結をきっちり備えているとは、驚き以外の何物ではない。昔はこれが普通だったのである、と愚痴ったところで、いよいよ真打ちの登場である。

◆本書について（結末には触れないようにしていますが、本編を先にお読みねがいます）

“The Deep End”はフレドリック・ブラウンの一九五二年の作品である。ノン・シリーズの長編ミステリとしては唯一の未訳作品であった。五二年といえば毎年長編を発表し、ブラウンとしては最も創作力が盛んであった時期であり、翻訳を心待ちにしていた読者は多かったと思われる。筆者もそのひとりで、所属している前掲のＳＲの会の機関紙に載った会員の高橋稔彦氏の下記の紹介文に心弾ませたのである。

（前略）掘出し物は、フレドリック・ブラウンの未訳作品“THE DEEP END”。ブラウンといえば、全体のムード、語り口の良さに乗せられて一気に読んでしまうが、読後、何かだまされたような気がして首をかしげる人が多いと思う。ところが、本書は綿密に計算された本格ミステリなのだ。（中略）結末も心憎いシメ方である。ブラウンが真面目に書いた純粋推理小説。

「ＳＲマンスリー」一九七三年五月号。未訳ミステリ紹介コラム『あちらのおと』から抜粋

さて期待が高まったところで、「ディープエンド」の内容に入るとしよう。

舞台はアメリカの地方都市（明記はされていない）。主人公はブラウンお得意の新聞記者。遊

園地で死亡した高校生（フットボールの花形選手）についての取材を進めているうち、その死因に疑問を抱き、高校時代の同級生で元恋人の協力を得て、過去に同校で起きた事件を調べはじめる。現在の事件の謎解明のために過去を探るという、ブラウンとしては数少ない正統派スタイルの捜査である（他に同じ形式なのは『遠い悲鳴』と『やさしい死神』である）。ほとんどユーモアなしで描いており、犯人の正体・動機など、今読んでも衝撃を与える。思えばブラウンは、半世紀以上も前から精神世界を扱っていたのである。筆者の評価としては、四十年にわたる期待と想いに十二分に応えてくれたので、もちろん「A」である。

さてブラウンの他のミステリ、エド・ハンター・シリーズについては個々に触れることができなかった。だがみなさん、このシリーズにも、未訳が一作残っているのだ。それが"Compliments of Fiend"である。

この作品の翻訳刊行を期待し、次の機会に委ねるということで、この稿を終わるとしよう。

〔訳者〕
圭初幸恵（けいしょ・さちえ）
北海道大学文学部文学科卒。インターカレッジ札幌で翻訳を学ぶ。訳書にピーター・テンプル『シューティング・スター』（柏艪舎）がある。

ディープエンド
——論創海外ミステリ 115

2014年2月15日　初版第1刷印刷
2014年2月25日　初版第1刷発行

著者　フレドリック・ブラウン
訳者　圭初幸恵
装画　佐久間真人
装丁　宗利淳一
発行所　論創社
〒101-0051 東京都千代田区神田神保町2-23 北井ビル
電話 03-3264-5254 振替口座 00160-1-155266

印刷・製本　中央精版印刷
組版　フレックスアート

ISBN978-4-8460-1306-6
落丁・乱丁本はお取り替えいたします